王桐龄——
著

桐龄旅行记

中国文史出版社

图书在版编目（CIP）数据

桐龄旅行记／王桐龄著 . -- 北京：中国文史出版社，2020.12

（名家游记）

ISBN 978-7-5205-2565-7

Ⅰ.①桐… Ⅱ.①王… Ⅲ.①游记 - 作品集 - 中国 - 现代 Ⅳ.①I266.4

中国版本图书馆 CIP 数据核字（2020）第 226056 号

责任编辑：孙　裕

出版发行：中国文史出版社

社　　址：北京市海淀区西八里庄路 69 号　　邮编：100142

电　　话：010 - 81136606　81136602　81136603　81136605（发行部）

传　　真：010 - 81136655

印　　装：北京新华印刷有限公司

经　　销：全国新华书店

开　　本：720×1020　1/16

印　　张：14.25

字　　数：134 千字

版　　次：2021 年 3 月北京第 1 版

印　　次：2021 年 3 月第 1 次印刷

定　　价：52.00 元

目录

陕西旅行记

凡例

（一）本编内容：第一章、第七章为行程日志，第二章、第四章、第五章、第六章为观察，唯途中视察，附载于第一章、第七章中。

（二）本书所载，皆系目见，无耳闻者，其中有咨询朋友加以说明时，则附载其人之名，以表示不敢掠美。

（三）陕西地大物博，非短期所能调查；著者个人能力有限，管中窥豹，只见一斑，尤为识者所哂，但自信内容尚确实，不敢作捕风捉影之谈；其有见闻未周处，容俟再版时补正；大雅君子有热心指教以匡所不逮者，极表欢迎。

（四）编中间或登载有关系之古诗或今人诗以增兴趣，以博读者一粲。

（五）诸题下为引用之诗集名及卷数页数之略字，如"中，六，十四"，为《中晚唐诗叩弹集卷》六第十四页之略字，"中续，下，六"，为《中晚唐诗叩弹集》续集卷下第六页之略字是也。

赴陕行程日志

民国十三年①七月七日晚六点，由北京西城察院胡同十五号敝寓乘人力车赴西车站。

此次赴陕，系应西北大学、陕西教育厅合组之暑期学校讲师之聘，原约与师范大学生物学教授李顺卿（干臣）同行，届期，干臣因率领本校博物系三年生赴山东青岛、博山、大汶口等处采集标本，阻于潮水，未能即行采集，不得归，乃单独赴西车站，与西北大学招待员、北大哲学系三年生韩城王捷三晤面，同行者为教育部佥事会稽周树人（豫材），晨报记者会稽孙伏园，京报记者费县王小隐，天津南开大学哲学教授昆山陈定谟，人类学教授钟祥李济（济之），西洋史教授邵阳蒋廷黻，基泰公司工程师关颂声、邝伟光（杰臣）、郭如松、沈汝楠（柳生），天津南开大学社会学系毕业生乐亭刘鸿恩，共十

---

① 本书因作于民国年间，行文大量使用了形如"民国××年"或简写为"××年"的民国纪年，因此我们在书后附上民国纪年与公元纪年对照表，以方便读者查阅。

三人，陕西省长驻工代表、众议院议员、陕县郭光麟（伯勇），在西车站膳堂，设西餐送行。

十点，由西车站乘二等车出发。

由前门至郑州二等车票，大洋十八元一角，外加特别快车费洋二元一角，床位费二元，共二十二元二角。车上每四人一室，左右各二床，分上下二层，有寝具、电灯、电扇，设备甚周到，较京奉头等车无逊色。车上备有西餐，菜皆适口。

自顺德至郑州，途中多白地，仅有高数寸之小苗，旱象已成，虽以后再落雨，恐秋收亦无望矣。

八日午后，过黄河桥，遇大雨。

黄河桥久应改修，因无款，故延期，途中车行甚缓，人有戒心。

四点二十分，至郑州，住大金台客栈。

大金台客栈，每室二床，二人同住一室，每日每人大洋一元；一人独住一室，每日大洋一元二角。屋虽不甚宏敞，然有床、帐、桌、凳、盆架，无蚊子、臭虫、跳蚤，亦可谓难得矣。晚餐有粥，有饭，有馒头，菜尚可口。唯厕所太狭隘，苍蝇太多，臭气触鼻，令人作呕。中国人习惯，讲吸收不讲排泄，一叹。

九日，午前九点半，赴车站，买三等票，上二等车；因陇海铁路，每次列车头二等仅各有半辆（一车分为两截，前为二等，后为头等）而时常为不买票之军人占满，余等本欲买二等票，站长令余等买三等票，上二等车，若能占有座位，再行补票；余等从其言，上车以后，幸尚有座，乃各再买三等票一张（连先买者人各有二张三等票）作为补票，价钱大洋六元四角。十点四十五分，开车。自此往西，经过荥阳、汜水诸驿，而至虎牢关，循外方山脉北山麓西上。山不甚高，有土无石，有草无木，隧道甚多，一望皆黄土层——黄河流域之冲积层，人家多在半山上或斜坡上穴居，古人所谓"人家半凿山腰住，车马多从屋顶过"者是也。

经过巩县以西，遂至洛阳平原，四面有山：东南为外方山脉，西南为熊耳山脉，西为崤山山脉，北为邙山及黄河。中有伊洛二水通流。幅员虽不甚辽阔，然形势甚佳，土壤亦甚腴也。由洛阳而西，经过金谷园、新安、渑池诸驿，皆古来历史上著名之地。再西至观音堂，又入山地崤山山脉。自此往西，经过峡石驿、张茅镇诸驿，即古来所谓崤函之地，路愈险，山愈高，谷愈深，隧道甚多，高山深谷交错，故隧道与铁桥相联络，往往才出隧道，便过铁桥，甫过铁桥，又入隧道，至于铁路两旁皆峭壁，或一旁为峭壁，一旁为绝壑，火车由其中通过者，更数见不鲜也。峡石驿之东，有一长隧道，火车凡行七分钟始通过。闻陇海铁路，在民国八年以前，已通到观音堂，所以不能即行修到陕州者，实以此隧道工程太浩繁之故。洛阳以东，河流缺乏，铁路两旁皆土山；洛阳以西，河流较多，山亦土石参半，观音堂以西多石山，山与谷相交错，谷中有小平原，平原中有小河流，风景绝佳，颇似日本；所最为憾事者，则山上无树，一望皆灰黄二色，仅有小河流点缀其间，河流两岸皆农田，有草，有树，有禾稼，差觉怡情悦目耳。

晚十点半，至陕州驿，西北大学讲师、陕西省长公署秘书、平乡张毓桂（辛南），陕西督军公署副官、驻陕州办公处主任马思骏（金台），陕西督军卫队团骑兵营独立排排长牛冠斗（星南）来迎，住耀武大旅馆，屋内设备虽异常简陋，而无蚊子、臭虫、跳蚤，亦可谓难得也已。前北大理科学长、杭县夏元瑮（浮筠），东南大学国文系教授盐城陈钟凡（斠玄），经济学教授渭南刘文海（静波），先一日到陕，亦住此处，约定同行。

自郑州至渑池，皆黄土层，地甚肥沃，而亢旱殊甚。洛阳以西多小河流，秋水尚可观，以东多白地，有小苗，仅高数寸，秋收无望矣。土含铁质，色带红，皆立土，甚坚固。人家傍山或坂，凿洞以居，土人名之曰窑。

十日午前八点，发陕州，由黄河乘船，溯流西上，向潼关。

陕州为水陆通衢，州南门外为大道，北门外为黄河。自陕至潼约一百八十里（土人谓一里等于平常里数一里八分，谓之大里），本可坐车以行，然山路崎岖，颠簸殊甚，久旱无雨，尘埃障天蔽日，鼻为之塞。同行者人数较多，雇车殊不易（此间车夫多天津人，又刁又狡），故辛南已先决计乘船，余等亦以乘船较为舒服，乐得赞成。既乘以后，觉着甚不舒服。盖黄河无客船，仅有载货船，前后尖，中间宽，两头之舱不能容物：中间之舱有席顶，无木顶，席甚薄，下雨则漏；两旁用木板作围屏，板皆用钉钉住，不能启闭，闷坐舱中，不能观两旁之物；前后有窦无门，无物遮护，遇风由窦通风，甚凉爽，遇雨则由窦溅水，甚沾濡。余等十七人，分乘二船，余船三舱，共乘九人，每舱三人。船顶甚低，舱甚窄，每舱又各有行李二三件，局促殊甚。余等卧则屈膝，坐则折腰，立则鞠躬，人人终日抱膝长吟，无自由回旋之余地。余等皆久居陆地，不惯在船上出恭，黄河中流多滩，船傍滩拉牵以行，傍岸之机会甚少。偶尔傍岸，船主为赶程道计，多不停留；故余等在船上四日之间，上岸出恭之机会绝少，此起居之不便也。

黄河之水半杂泥沙、灰尘、便溺，饮之辄胸前作恶，余等携汽水，可以解渴，但多饮则腹作泄；途中不傍岸，无处可以吃饭，故托船夫做面汤、馒头疗饥，然粗恶殊甚；余等携有罐头鱼肉，然此物多陈旧，常吃则肠胃不适，此饮食之不便也。

余船水手共五人，一人在船后扶舵，一人在船头撑篙，三人在岸上拉牵，途中行四日，皆遇西风，不能急行，是日宿灵宝县东，约行五十里左右。

十一日，遇雨，数行数止，宿于灵宝县西，仅行二十里左右。夜间上游雨水暴至，溜头甚高（夜间不能了见，大约至少亦在一尺以上），冲动船锚，船向下行，漂流数里。余知船身颇旧，而未知水手驾驶之能力何若，倘有疏虞，则河身宽数里，流甚急，雨甚大，天气甚冷，夜色已深，对面不能睹物；虽善泅水者，亦难达到岸上，将有葬身鱼腹之虑，心甚惴惴。然恐惊同伴，故坚卧不起，不敢声张。幸而船长年老，颇谙练，顺风水之性，漂流数里，止于水较浅、流较缓之河滩上，遂停泊焉。

河南东部皆平原，故中牟县以东，时常河水泛滥，横流溃堤，大好农田，化为沙地。河南西部皆山地，自郑州以西，黄河南岸为嵩山、北邙山及崤山，北岸为太行山、王屋山、砥柱山，河身受两旁之山脉束缚，虽挟泥沙俱下，只能垫高河身，不能淤到两岸，故洛阳平原皆膏腴。余等乘船由陕赴潼所经之河路，界在山西、河南二省之间，北为山西之砥柱山，南为河南之崤山，两岸多峭壁，中间有大河通流，河身之宽常至数里，一望浩渺无际，风景殊不恶；但可惜山无树，河无草，水中岸上，一望皆黄，稍煞风景耳。

十二日早，过函谷关。

关在灵宝县西数里，关以东有小平原，南负崤山，北带黄河，灵宝县城在焉。关以西为甬道，两旁皆峭壁，中间只容一车通行，若东来西往二车相遇时，则彼此皆不能通过，故入谷以后，车夫恒高声遥相招呼，令对面之车，择路较宽处（用人力凿成，在大路旁宽约容一车者）暂行停止躲避，俟此车既过再行。城西关东有河名涧水，雨后山水暴发，车马不能通行，余等下船往看函谷关，阻水而返。

灵宝县以西，山愈高，河身愈陡，山水爆发后，浅滩皆不见，风景绝佳。河北为山西平陆县界，岸上颇有新栽之树，逐渐成险，略见阎督政绩。闻河北无盗匪，河南多盗匪，故行船者多停泊北岸。

晚宿阌乡县城西，本日约行五十余里。落日西沉，略无遮蔽，古人所谓"大漠孤烟直，长河落日圆"之风景，约略似之。

十三日，临时雇用牵夫九人，趱程前进，途中遇东风，船行甚急，下午三点，至潼关，第三十五师师长憨玉琨（润卿），受刘督军委托，遣副官洛宁李品三（金斋）、洛阳林祖裕（治堂）来招待，借住潼关汽车站。房屋虽少，而院落宏敞，同人多带行床，三三五五，自由宿于院中，无臭虫蚊子攻击，精神颇快，潼关东西道路太坏，汽车多毁坏，抛弃院中，殊觉可惜。晚餐后往拜憨师长，谈一刻钟而返。

潼关在黄河南岸，南负山，北带河，极为形胜。有东西南北四门，东西北三门皆傍黄河沿，南门在山上。城内北半为河岸平原，户口甚多，商业繁盛，南半为山麓高地，地势形胜，烟户稀疏。城墙南半在山上，北半在平原，最北之北门，则面河而开，仅容人出入。

秋日赴阙题潼关驿楼

许　浑

（中，六，十四）

红叶晚萧萧，长亭酒一瓢。

残云归太华，疏雨过中条。

树色随关迥，河声入海遥。

帝乡明日到，犹自梦渔樵。

十四日早七点，借妥憨师长汽车二辆，陆路赴长安。余等十五人，分乘二汽车，留王捷三、刘鸿恩二君，乘骡车搬运行李。

由潼关赴长安之大道，一路分为二线，南线行汽车，北线走大车，二线相傍而行，宽约四五丈，汽车路颇修正，不大颠簸。经过华阴县、华县，遥望华山——在路南。路旁有汾阳王故里，寇莱公故里石碑，有汾阳王庙及华岳庙（皆在路北）。汾阳王庙甚小，无足观，华岳庙基址甚大，外墙周围之广，几等于城寨，因此在驻兵，不能瞻仰，亦可惜也。

再西过渭南县，遥望秦始皇帝陵（在路南），高如小山，上无树木，基址略作方形，幅员之广，闻约九百一十三亩。再西过鸿门旧址、新丰旧城，皆古来历史上著名之地。

行经华阴

崔　颢

岩峣太华俯咸京，天外三峰削不成。

武帝祠前云欲散，仙人掌上雨初晴。

河山北枕秦关险，驿路西连汉时平。

借问路旁名利客，何如此地学长生。

经秦始皇墓

许　浑

（中，六，二四）

龙盘虎踞树层层，势入浮云亦是崩。

一种青山秋草里，路人唯拜汉文陵。

十一点，至临潼县，赴华清池沐浴。

池在临潼县南门外骊山下，系唐华清宫旧址，旧日建筑，经前清咸丰年间兵匪之乱而毁，现在建筑，系同治年间新造，内有娘娘殿，中祀贵妃，配享者为一青年，亦杜十姨伍髭须相公之类也。有温泉池二，大者名太子池，小者名贵妃池，贵妃池中有一石，上带红色，永不脱落。池水温度约华氏九十六度至九十八度，而有游鱼一鲫一水草，亦奇观也。镇嵩军第四路步兵第二营营长、巩县赵清海（晏亭）驻防于此，留共午餐。

过华清宫

杜　牧

长安回望绣成堆，山顶千门次第开。

一骑红尘妃子笑，无人知是荔枝来。

新丰绿树起黄埃，数骑渔阳探使回。

霓裳一曲千峰上，舞破中原始下来。

华清宫

崔　橹

（中续，下，六）

草遮回磴绝鸣銮，云树深深碧殿寒。

明月自来还自去，更无人倚玉阑干。

骊　山

许　浑

（中，六，二三）

闻说先皇醉碧桃，日华浮动郁金袍。

风随玉辇笙歌迥，云卷珠帘剑佩高。

凤驾北归山寂寂，龙旋西幸水滔滔。

贵妃没后巡游少，瓦落宫墙见野蒿。

午后，一点，出发，二点，至长安。

到陕西境内以后，有二事最容易惹人注目，一为官道旁之高柳，一为城门脸，或大街转角处白灰墙上所书之格言。柳树为左文襄公在陕甘总督任内所栽，现今已岁六十年，多数高逾五六丈。公清廉公正，遗爱在民，陕西人比之召伯之甘棠。格言系冯前督在任时所书，专训道人为善。但自民国成立以来，伟人土匪，相携举兵，将陕西境内之官柳斩伐大半。冯在任未久，旋即去职，灰墙经雨淋日晒，一大部分格言已陆续剥蚀矣。

陕西大道上皆宽轨，车轴长出于车厢者约尺许——合左右两旁计之。潼关以东皆窄轨，故东来西往之车，皆在潼关换车轴。

长安之观察

长安之建筑

（一）学校

十五日晨起，个人参观西北大学，校之南门在东木头市，北门在东大街，有基址六十余亩，房屋七百余间，系前清末年省立大学堂故址，旋降为高等学堂，民国成立，改设西北大学预科，旋改为法政专门学校，民国十二年九月，复改设西北大学，大略分为二部，南半为西北大学，北半为陕西教育厅、教育会、水利局、林务处，现在教育厅移居梁府街前清旧提学使署，北院只余三机关矣。房屋系中国大四合式，院落周围有回廊，既壮观瞻，又避风雨，其优点一也。院落宏敞，树木甚多，空气清新，颇足怡情悦目，其优点二也。教育学生寄宿舍、职员办公室，皆有相当面积，其优点三也。然讲堂内大柱子，颇碍学生眼目；大礼堂横宽，不适讲演之用；大门之内有二门，二门之内有大堂（现用作接待室），大堂之后有二堂（现用作大礼堂），有三堂，有四堂（现均用作讲堂），四堂之后有内宅，现用作图书室。自大门至二堂，两旁仅有回廊，并无房屋。自二堂至内宅，两旁虽有厢房，然太小不适作讲堂之用；自大门至内宅，南北长约一百八十五步，适合于讲堂用之房，仅有三四间，两旁多跨院，办公室、寄宿舍在焉，东西宽约八十八步，房屋甚多，院落甚宏敞，而能作讲堂用之房，亦只有最近建筑者三四间。全校建筑皆用宫廷及衙门式，无一所楼房，占地方太多，房间较少，大房间尤其少，宜于住家，不宜于作学校，知从前监修者皆外行也。梁栋椽柱门窗户牖皆用杨木，知长安木材缺乏也。院内多用土坯作墙，黄土涂壁，既缺美观，又难耐久，知长安砖与灰俱缺乏也。

闻刘督军拟划出从前满城旧址（在城内东北隅，约占全城总面积三分之一）一部分，约二千九百亩建筑新大学，而以此处为预科校舍；然长安物价，较天津约贵三分之二。据关颂声君报告：洋灰一桶，在天津卖价大洋五元，此地卖价银三十二两，砖瓦、木料皆贵至一倍以上。西北大学拟建筑新式楼房办公室一所，照天津物价估计，需洋七万元；照此地物价估计，需洋二十万元。陕西财政困难，此计划亦非短期内所能实现也。

长安雨少，故房屋虽欠修理，尚不至于坍塌。西北大学教员室，屋顶皆瓦松，密如鱼鳞，然室故无恙；若在北京，则大雨时行，室内室外淋漓一致矣。

此次在长安参观之学校：除去西北大学以外，有第一中学校（在西仓门），第三中学校（在枣刺巷），职业学校（在举院巷），第一师范学校、第一女子初级中学校（皆在西安书院门），成德中学校（在北大街），女子师范学校（在梁府街）。因在暑期内，各校皆放假，故堂上功课无可参观。建筑则一中、一师大体一致，院落宏敞，树木甚多，房屋多旧式，少楼房，全体形式，近于宫廷及衙门，而不类似学校，三中院落树木成林，是其特色，一师系关中书院故址，路闰生先生所住之仁在堂犹存，今为校长办公室。第一女中系女子模范小学提升，院落较小。成德中学系前督陈树藩所创，普拨与官地一万三千顷，作为基本金，财产充裕，房屋皆新式建筑，房间虽不多，比较最适用，外院操场极其宽阔。女子师范系最新式建筑，皆二层楼房，然工程太不坚固。至于梁柱材料，多用杨木，墙壁材料，杂用砖坯灰土，则各校皆一致也。

长安玻璃极贵，故各校门窗，俱不多用玻璃。

（二）官署

此次在长安，参观之官署甚少，然督军、省长二公署，则各去过几次。督署在故明秦王府内（俗名皇城），系冯前督所造，用兵为工，用故秦王府城旧大破砖与杨木为料以造成，房间甚小，仅足应用。唯院落异常宏敞，满种小树，小树中间杂以水井菜畦，人路两旁满生芝草，每日太阳西下时，督署军人自己浇菜，风趣甚佳，十年以后，当然绿树成荫矣。省署在西大街路北，系前清旧布政使署，省署机关较多，刘督军之眷属寓焉，故房屋较多，房间较大，然装饰朴素，固无异于民居也。

（三）寺观祠宇

长安城内寺院，屡遭兵燹，多数荡然无存；其硕果仅存者仅有数处，兹谨将著者此次在长安参拜之寺观祠宇列举于下，此供参考：

文庙。在南内东城根，殿宇院落皆宏敞，古柏甚多，古松仅有一株，旁院内附设孔教会所立之学校。

卧龙寺。在城东南隅卧龙巷，系汉灵帝时创造，后屡经改筑者。殿宇颇庄严宏敞，藏有康南海欲得之《大藏经》，经有二种，一系明太祖时南京出版者，一系明英宗时北京出版者。据该寺住持显安云："长安城内寺院，共存三部《大藏经》，民国成立时，为兵士及居民所毁，今皆不全矣。"中国人富于破坏性可见一斑。寺之前殿入门处，有长三四尺、宽尺余之大青石一块，上有形似蚯蚓之软体动物化石数具，颇可贵也。后殿所供之佛身，系藤胎，犹是清初制造。

广仁寺。系喇嘛庙，在城西北隅，寺之东、南二面皆农田，据云多系该寺产业，墙内多草花及木本花，墙外多高树，地颇清幽。正殿供铜像三尊，外饰以金，甚庄严，中央为观音像，两旁为文殊、普贤像。观音像身体较大，面貌较平，微带白色，据云来自西藏。文殊、普贤像身体较小，面貌较丰隆，颜色甚黄，据云来自北京。全寺喇嘛二十余名，有蒙古族、本省人、河南人之别，掌教老喇嘛年五旬余，系蒙古族，由北京雍和宫派来者，能说北京官话，不大懂陕西话，民国五年来此，据云该教虽禁止杀生，并不禁止饮酒食肉也。

西五台。在广仁寺东南，与市街接近，台系累土筑成，上供佛像，共有五所，在城西北边隅，故称西五台。其中二室已圮，二室为军人所住，仅最东之一室有尼僧住持，所供为菩萨。台之后殿最高，全城一览无余，城内人家院落内树木颇不小，但市街上甚有限耳。

清真寺。长安城内清真寺共有七处，著者仅参观二处。一最大者，为化觉巷清真寺，系唐玄宗时所建，有天宝元年王铁所撰碑，俗名东大寺。一最古者，为大学习巷清真寺，系唐中宗时所建，俗名西大寺。东寺甚大，西寺略小，二寺庙宇皆宏壮，雕刻甚古雅，附设回教义塾，读阿拉伯文字之《可兰经》，东寺并附有国民学校一处。

董子祠。在城东南隅，祀汉江都相广川董仲舒，董子墓在焉。正殿屋无恙，唯门窗户壁狼狈不堪，有许多贫民杂居其中。墓在正殿后，一抔黄土而已。庙内外共有石碑四座，皆明清时代所立者。正殿前西边有小跨院，董子苗裔在焉，寡母孤子及其姘头共三人。闻孤子仅十余龄，其母本其父之妾，父故后，子才数岁，乃另找一男子同居；其男子余曾晤面一次，三旬余之粗笨农夫耳，亦冒姓董。闻祠内祀田共十六亩，典质殆尽，长安绅士欲筹一笔款项，赎回祀田，逐走男子，现正在准备进行中也。

多忠勇公祠。在五味什字巷路北储材馆内，祀清中兴名臣、忠勇公多隆阿。民国成立以后，改名忠义祠，起义及剿匪战役之军人皆附祀于此。现在前殿改作储材馆讲堂，后殿如故，多公神位在中央，两位及两庑配享者皆民国军人。

左文襄公祠。在东木头市西头路南，祀清中兴名臣、湘乡相国左文襄公宗棠；现在前半改为亚东宾馆，后殿仍为左公祠。

二祠皆清末所建，虽不及以上各祠之古雅，然尚伟大，较之现在建筑，固远在以上。

北京近旁多圆塔或八角塔，河南陕西境内多方塔，塔下不必定为坟，塔基亦不必定在寺内，有时为村中风水起见，特造一塔以为厌胜；塔亦不必甚高，平均高二丈上下者居多数也。

（四）一般建筑物

河南陕西境内之瓦房，往往作半圆形，有前半面，无后半面；废去梁柱，用劲山搁檩，无屋脊，当脊之处为房后山墙。

长安之瓦房，有仰瓦，无俯瓦，分量较轻，材料亦较省，然每房皆有明脊，既费材料，又为梁柱无故添出许多负担；自郑州以西至咸阳，旧式之瓦屋皆如此，不似京津最新建筑之瓦房，皆废去明脊，又轻巧，又省事也。自郑州以西至咸阳，皆黄土层，土皆立体，中含铁质甚多，色近红，异常坚固，故乡僻之农人多住窑。城内之富家大族，亦往往在后院特掘一窑，夏日用以避暑。乡僻之人多住土房，城内之人虽住瓦房，亦往往用土墙土壁，官衙、学校、兵营皆如此，不独民居也。

长安之市街

长安城东西宽约七八里，南北约四五里，周围约二十四五里，东西二门及由东至西之大街稍偏南，故北半城较大，南半城较小。东大街之北为旧满城，占城内地约三分之一，前清西安将军驻此，民国成立时，全城被焚毁，现在夷为平地，满人散居各处矣。北大街之西，西大街之北一带，俗名回城，实则有街，有巷，无城，不过为回教徒集中之地耳。长安城内居民，据西北大学法科主任蔡江澄先生言，"从前所调查之数约十二万，回教徒不足一万，然团体颇坚固"。繁华街市为西大街、桥梓口及南苑门，前二处为旧式商店集中之处，后一处为新式商店集中之处，经济之中心点，全城精华之所萃也。省长公署、财政厅、警察厅、长安县署，皆在西大街，实业厅亦距此不远，又政治之中心点也。

长安之实业

农业不发达。渭水流域本农业国，周秦以来久已发达。现在多数之士大夫既不研究农学，仅山野农夫抱残守缺，保守古来之旧习惯，毫无改良及深造。较之古代，只有退步，并无进步。

林业不发达。各山脉皆童山，建筑材料及燃料俱感缺乏。

工业不发达。机器工业尚未输入，即固有之手工，亦只保守古来旧法，毫无发展及深造。

商业不发达。交通不便，运价太贵，洋货及各省土货之输入，本省土货之输出，俱感困难。

长安之教育

（一）研究新学之人太缺乏。

（二）整理旧学之人亦缺乏。

（三）著作品缺乏。

（四）译述品亦缺乏。

（五）日报及杂志缺乏。杂志仅有二种，一是实业厅办之《实业杂志》，二是实业会出版之《实业浅说》。日报仅有六种，一是《建西日报》，二是《新秦日报》，三是《陕西日报》，四是《民生日报》，五是《旭报》，六是《平报》。其内容多系剪裁京津沪各报纸凑成，关于陕西本省之特别记事及论说较少；销数极不畅旺，多者三百余份，少者数十份而已。

（六）出版所及印刷所缺乏。现在尚无出版所，印刷所之能印报纸者，仅有三处。一是教育图书社（教育厅办），二是艺林印书社，三是新秦日报社。此外小印刷所，只能印广告传单，于宣传文化上，无甚重要关系也。

（七）教员缺乏。本省人才不足，专门以上学校之教员，多系借材异地。又因交通不便关系，本省之毕业于外国大学之学生，多在交通便利之外省就事，不肯回本省。

（八）学校缺乏。

长安之市政

（一）建筑。陕西长安为中国故都，间有数百年前建筑，如卧龙巷之卧龙寺、化学巷之清真寺、大学习巷之清真寺等，颇庄严瑰丽，伟大可观；然此种古建筑，现存者绝少。新建筑之房屋，因木材缺乏，故梁栋椽柱多用杨木；因石灰缺乏，故多用黄土涂壁；因燃料缺乏，砖瓦价昂，故院墙屋壁多用土坯代替；既缺美观，又难耐久，官衙学校皆如此，不独民居也。

（二）道路。陕西长安为中国故都，街道较为宽阔，然新式之马路尚未动工，旧有之路分二种：大街皆石路，用长四五尺、宽二三尺之大石砌成，多系数百年前旧物，高低凹凸不平，车行颠簸特甚。小巷皆土路，多坑坎，遇风则扬灰沙，下雨则成泥泞，行人裹足。

（三）交通器具。城内之交通器具，约有六种：一是单套骡车，系普通中等以上之人（陕西官场不用轿，省长以下皆乘车）所用，但行石路则颠簸殊甚，且时间不大经济。二是人力车，行路较快，且不大颠簸，但道路太坏，雨天人力车不能行。三是轿，凭价太昂，行路又不甚快，时间金钱俱不经济，故用者绝少。四是大车。五是二套轿车。六是小手车。三者皆用以载货，行人乘之者绝少。汽车仅督署及各师旅长各有数辆，用以作远路之交通机关，平时不用也。

（四）通俗教育。全城仅有教育图书馆一处（在南苑门），通俗图书馆一处（在大北街），通俗讲演所一处（在北门内雷神庙门）。阅报社仅有四处，附属在两图书馆、陕西实业会及碑林内。

（五）卫生设备

医院。防疫机关尚无，医院共有数处。一是陆军医院，官立；二是宏仁医院，地方团体立；三是关中制药社，团体立；四是大生医院，私立；五是竞爽医院，私立；六是广济医院，私立；七是广仁医院，教会立。但除去陆军及广仁医院外，规模俱甚小。

饮料水。自来水尚无有，新式之洋井，仅有数处。一是督军公署；二是红十字会；三是西北大学；四是西华门；五是东门外。但上层含有杂质之水多渗入，颇咸卤不适用。其余概用旧式井，水内含有硝质，于卫生殊不相宜，洗衣服亦多不洁。唯西门外翁城内路北有甜水井一，水源甚旺，足供多数人用。

下水道。地沟尚欠疏通，雨后时存积水。

排泄物。路旁虽有官厕，但稍僻静之处，常有人随便出恭。路旁多尿坑及秽水坑，行人过者掩鼻。秽水废料如瓜皮果核等，随便弃置于道旁，苍蝇繁殖其中，为各种传染病之媒介。

（六）警政。警政内容多未详，仅有二事可记载：

路灯。大街仅有数盏，小巷尚无。

消防。无水龙及消防队之设置，大街各有太平水缸数个，小巷尚无。

（七）慈善事业。官立者有育婴堂、恤嫠局、残废军人教养院、残肢留养局各一处，地方团体立者，有孤儿院、妇孺教养院各一处，但规模俱不大宏敞。

（八）娱乐机关

公园。仅有南苑门一处，与图书馆在一院内，规模狭小，无足观。但其中用花树造成陕西地图一幅，颇具美术及科学思想。

戏团。有易俗社、共乐社、三意社、万福社、正俗社五处，皆秦腔；唯共乐社兼演二黄。易俗社为本地士大夫所组织，不专以营业为目的，其内容颇有种种特色，兹列举之于下：

（1）股东半含捐助性质，每年不分红利。

（2）前台角色，薪水极廉，即大名鼎鼎号称台柱子之刘箴俗、刘迪民、苏牖民、王安民等，月薪仅制钱五六十吊，合大洋二十元以下，无北京捧角之恶习。

（3）后台经理人，半带义务性质，除去教师外，薪水皆极廉，或竟无有。

（4）对于全社学徒，以学生礼待遇，除去教以戏剧以外，并授以普通常识及日用必需之技术，将来若不愿作伶人，尽可就他种职业，无北京穷伶终身跑龙套之苦楚。

（5）社员出演时，一毫不苟，一丝不懈，虽作配角跑龙套之人，亦精神圆满，无懈可击。

（6）社内行头极华丽，全体社员俱用社内行头，无北京名伶自带行头之奢侈风气。

（7）社内有讲堂，有寄宿舍，全体社员住社内（家住城内者为例外），下台以后上课。汉文清通者，能作三四百字以上文章，无北京穷伶目不识丁之苦楚。

（8）社内禁止学徒与不正当之人往来，并禁止其受外界之赠予，无北京伶人兼营像姑生意，前为面首，后为龙阳之笑话。

因以上原因，故社内颇有财产，社基渐巩固，社内名誉亦鹊起矣。

电影。青年会偶一演之，但不能常演，尚无特设之电影馆。

妓院。公娼无有，闻私娼甚多。

此外若动植物园、博物馆等之高尚娱乐品，尚未着手筹备，落子馆亦尚无有，社会太单调，故一般下等娱乐品，若赌博鸦片等，颇受一部分人欢迎。

（九）电气工业。长安城内，仅有电灯、电话及电报局，规模俱不甚宏敞，此外一切电气工业尚无有。

长安附近之交通机关

火车路。陇海铁路仅修到河南陕县，以西尚无有。

长途汽车路。仅由长安修到潼关，汽车由去年开行，因路途不平（多为重载大车所毁坏），车多破损，新购之汽车尚未到，故现在停驶，仅有人力车通行。

电车路。尚无有。

大车路。甚崎岖。可行单套骡车、二套轿车及重载大车，但颠簸殊甚，每日至多不过行百里。除去秦岭山脉以外，陕西全省大路皆可行车。轿子亦有，但除去汉中以外，不大通行。

河流。渭河、黄河皆可行船，顺流而下遇顺风，每日可行百余里，由草滩（在长安城北，距城三十里）至陕州，四百余里，约二日半可到。逆流而上遇逆风，每日仅行十余里，由陕至潼仅一百八十里，著者赴潼关时，共行四日。

邮政。甚迟滞，由长安达北京之信，平时行七日。

电报。不甚发达，电杆甚矮小，皆用杨木。

长安之宗教

僧尼喇嘛寺、道观虽随处皆有，但除去最小数之高僧外，多系解决个人面包问题，不以研究宗教为目的。清真寺，长安城内共有七处，寺内多附属旧式义塾，教儿童以阿拉伯文字之《可兰经》。外国人所创立者，有浸礼会、圣公会、青年会等，尚与知识阶级接近。

长安之风俗

衣。甚朴素，除去政界以外，皆穿布不穿绸，军人、教员、大商人皆然，不独细民也。

食。一般之人食小麦粉，较直隶人之食玉蜀黍、小米，奉天人之食高粱者，食品尚优，唯由外输入之食品太贵，一般人不能享用——汽水一瓶索价大洋七八角！

住。房屋院落尚宏敞，唯房屋多土壁，院落多土墙，城外之人，间有住窑者。

嗜好。卷烟、水烟甚流行，鸦片、赌博，亦尚未能绝对禁止。

信仰。科学知识尚薄弱，迷信尚流行，占卦、相面、看八字、看阴阳风水之小摊，长安城内颇不少。

女子问题。尚认为男子之附属品，平日不许出门；社会中公开之职业不许女子加入；缠足者尚多，亦甚纤小；长安市街，不见女子踪迹，故与余同来之友，几有投身入光棍堂之感焉。

长安之古迹及古物

历代宫殿、苑囿、陵墓、寺观，大半破坏，或尚存一部分，如慈恩寺之大雁塔、荐福寺之小雁塔等；或仅存其基址，如弘福寺、青龙寺遗址；或基址全无，此类甚多，即文王之丰，武王之镐，成王以后之宗周，汉之未央宫、长乐宫，亦在此列。所谓古迹，大半有名无实，古器具若石碑、石人、石马等，半为官吏或人民所盗卖，半为外国人或外省人（以古董商为多）收买或偷窃以去。明清以来不甚著名之石碑，多为本城石头铺收买，改大为小，作为新碑出售。

长安保存古碑之处，名碑林，在南门内东城根，归图书馆照料。其中收容之古碑百余种，大碑约二百四十块，小碑二千余块，两共约三千块。魏碑仅有数块，唐碑甚多，有名者为石刻十三经。碑帖商每日派人捶击，自朝至暮无已时，自元旦至除夕无休日，受伤甚剧。

教育图书馆在南苑门，其中保存铜像、石像、陶器像不少，有佛，有菩萨，有韦陀，有天尊，有平常装束者，高者五六尺以上，小者尺余。大约皆系后魏隋唐时代遗物，由外国人或外省人，从外县收买或偷窃以云，途经长安，由本地官绅截留者。唐太宗昭陵前八骏中之六骏——其中二骏先已失落——在陈前督任内，由其老太爷以十万元偷卖与日人，其中二骏已连出潼关，四骏为陈督派人截留，陈列于此以供众览。但全身已被日人击碎，现在系用黏料粘着而成，中多伤痕。

陕西城内以私人资格收藏古物最多之处，有二家，一为阎甘园，陕西蓝田县人，藏有古画、古器具多种。一为陈士垲，字次元，河南河洛道卢氏县人，前清拔贡，北京法律学堂出身，现充督署秘书长，藏有碑帖五千余种。余常谓二君所存皆国粹，欲劝二君合组一博物馆，公开以供众览，然馆址、房屋及陈列器具需款甚巨，亦非短期所能作到也。

长安之饮食

此次在陕，住西北大学，饭食由暑期学校供给，差足果腹。刘督军邀饮四次，一次在西北大学，用素菜（时因祈雨禁屠）；一次在省署，一次在督署，皆用西餐；一次在宜春园（在关岳庙街路南，易俗社之秦腔开演于此）用中餐。西北大学陕西教育厅邀饮一次，在校内；储材馆邀饮一次，在馆内，皆中餐。讲武堂邀饮一次，在青年会，西餐。商务印书馆邀饮一次，在馆内，中餐。陈次元先生邀饮一次，在陈宅，中餐。师大毕业同学邀饮一次，在五味什字巷义聚楼，中餐。督署之中餐、商馆之中餐、陈宅之便饭，色香味俱美。督署之西餐亦佳，然中国风较重。此外各处厨役手艺俱平常，讲武堂之西餐系外叫者（青年会不卖饭），花钱甚多，不大实惠。

长安水果，有沙果、苹果、桃、杏等，俱不甚大；橘子、香蕉等南方水果，因交通不便，皆无有也。西瓜亦甜亦大，差胜北京。牛、羊、猪、鸡，价俱公道，鸭子及鱼价俱昂贵，长安场应酬中好用鱿鱼，每席必有。

长安冬季气候较北京暖，不能结天然冰，又因交通不便，外国机械未能输入，亦不能造人造冰，故冷吃之物不容易制造。饮料中最流行者为凤翔所产之烧酒（俗名凰酒）、长安所产之葡萄酒及甜酒（米汁），啤酒、汽水皆自东方运来者，价钱异常昂贵，冰激凌则绝对不能制造矣。

长安之土产

漆器、竹器甚佳，毛织之毯亦可观，但价钱颇不廉。碑帖甚佳，总算价廉物美，但未免摧残古物。每年出土之古物甚多，京沪各处古董商，派人在此处设肆收买，转卖与外国人或外省人以谋利。

长安之植物

长安纬度，东与江苏徐海道铜山县相对，虽地在高原上，然气候比较温暖，寒期不甚长，寒气亦不甚烈。植物除去杨、柳、榆、槐、椿、榕、构、柏等树为北京所习见者外，楸树、皂角树、柽树、青桐树甚多，修竹高逾寻丈，丛生成林，石榴树高过檐顶，实累累以百数，皆北京所未习见者。唯松树甚少，长安城内仅有南门里孔庙内一株（据第一女子初级中学校校长李约之先生口头报告）。草花甚少，热带植物尤少，则以人工培植之力尚未周到也。

著者到陕西之任务

此次来陕，原系西北大学、陕西教育厅合组之暑期学校邀来讲演，嗣到长安以后，各处多来相邀，计在督署讲演二次，约五小时，题目为"陕西在中国史上之位置"，听演者多军官，约二百余人，秩序整齐。在储材馆演三次，约六小时，题目为"陕西在中国史上之位置"，听讲者为多候补文官，约百人。在讲武堂讲演一次，约三小时，题目为"陕西在中国军事史上之位置"，听讲者为陆军学生，约四百余人，秩序整齐。在暑期学校讲演四星期，约二十二小时，题目有三：一为"陕西在中国史上之位置"，二为"历史上中国民族之研究"，三为"历史上亚洲民族之研究"，听讲者为高小教员、劝学所员及中等以上学校之教职员及学生，最多时四百余人，最少时百余人。

咸阳古帝王陵之参拜

　　此次到陕目的，原为暑期讲演，然既有余暇，又有适当伴侣，当然赴各处参观古迹名胜，以满足个人研究历史之欲望，此应有之义务也。

　　七月二十六日赴咸阳，是日早七点，偕陈斠玄、王小隐，乘骡车起身。咸阳距长安不过五十里，车行四五小时可到，车系二套轿车，由督署代雇者，唯上无帷，前无帘，仅有破苇席覆顶，上下一望皆黄，是为生平所仅见。出长安西门，约行二十里，为三桥镇，又二十里，至临沣屯，屯在沣水西岸，东门临沣水，水甚清，河身宽约二十丈，河流之宽不逾二丈，下流入渭。又十里，至渭水，水在咸阳城南，渡水即城，城之东南二门皆在河之北岸，水甚浊，流甚急。沣水有桥可渡，渭水无桥，用船拖过。下午一点，入咸阳城，住县署街（由东门至西门之大街）东升客栈，湫隘污秽不可以居，乃往劝业所内，面托劝业员杜善义君，代借县议会内房屋，安顿行李。午后四点，往北原，参拜周文王、武王、康王陵，入夜始返。

北原在咸阳北门外，约十里，地基高于咸阳数十丈，车行渐高，遥望圆形方形之黄土丘，大小累累以千百计，皆古帝王陵，或古大臣富豪墓，诚壮观也；然陵墓多数无院墙，无殿宇，无树，无碑，无可以作为纪念品之古器具（如石人石兽石牌坊石五供等），偶尔有之，亦明清时代所造，无较古者；明人考察据不精，错误时有，不足为信据，然则除去一抔黄土，可以证明其下为古人坟墓外，固丝毫无可瞻拜，亦绝对不能研究也。唐人诗云："五陵北原上，万古青蒙蒙。"据著者所见：黄则有之，青则无有，陕西之所谓古迹，可以推知其大凡矣。

康王陵在咸阳北门外北原上，距城约十二三里，无人看守，四围土墙已破损，中央享殿已坍塌，仅有柏树一株，有本，无干，已半枯，无古器具，仅有石碑，多损坏，其完整无缺者，乃乾隆五十七年巡抚毕沅所立也。坟作长方形，甚高大，东西宽，南北狭，坟上无草，一望皆黄。

文王陵在康王陵北约四里，有人看守，对于参观者，不招呼，亦不索酒资。四围土墙已破损，中央享殿尚完整，有古柏十余株，有本，有枝，有叶，无干。河南陕西居民，多迷信柏树枝可以驱百鬼。故每年除夕，皆往折其枝，插于自家门户上，遂使古柏皆成光本，枝附着于身上。自洛阳以西皆如此，不独咸阳也。无古器具，石碑甚多，最古者为明正德年间所立，以前者无有也。坟作长方形，形势类似康王陵，而伟大过之，坟上无草，一望皆黄。

武王陵在文王陵北，相距仅数十丈，墙殿多破损，无古器具，石碑颇不少，皆明以后所立者，墙与文王陵南北相对，东西稍狭，几类正方形，坟上无草，一望皆黄。

是时天气已晚，对面不能见物，乃乘车返咸阳。时城门已闭，幸县长已通知守门之军警，临时开门放行。晚，宿于县议会，二十七日早，发咸阳，下午，还长安。

咸阳城东楼

许 浑

（中，六，二二）

一上高城万里愁，蒹葭杨柳似汀洲。

溪云初起日沉阁，山雨欲来风满楼。

鸟下绿芜秦苑夕，蝉鸣黄叶汉宫秋。

行人莫问当年事，故园东来渭水流。

经咸阳北原

马 戴

（中，九，十二）

秦山曾共转，秦云自舒卷。

古来争雄图，至此多不返。

野狄穴孤坟，农人耕废苑。

川长波又逝，日与岁俱晚。

夜入咸阳中，悲吞不能饭。

咸阳怀古

刘　沧

（中，十，十八）

经过此地无穷事，一望凄然感废兴。

渭水故都秦二世，咸原秋草汉诸陵。

天空绝塞闻边雁，叶尽孤村见夜灯。

风景苍苍多少恨，寒山半出白云层。

咸　阳

李商隐

（中，七，二三）

咸阳宫阙郁嵯峨，六国楼台艳绮罗。

自是当时天帝醉，不关秦地有山河。

终南山之观察

南五台之名称及其区域

终南山为秦岭一部分，著者此次所登之峰，俗名南五台，因山西有五台山，其上寺院香火极盛，陕西迷信家皆羡慕之，故造寺于终南山绝顶，以满足一般人民崇拜佛教之欲望，山西之五台山，俗称为北五台，故称此为南五台；实则其上之高峰，并不止五个，普通所指五台，有二台不在峰顶上，此委巷小家子之说，其可笑也。兹试略举其名称及其地点于下，以供参考：

（一）岱顶圆光寺，终南最高峰，距平地三十里。

（二）文殊台，在岱顶东山腰，较圆光寺稍低，相距不过数百步。

（三）清凉台，在岱顶东山腰，较文殊台又低，相距不过百余步。

（四）灵应台，在岱顶东，为另一高峰，较岱顶略低，而陡峻过之。

（五）舍身台，在灵应台东，为另一孤峰，较灵应稍低。

以上一、四、五三台在山顶，二、三两台在山腰，其非以峰作单位，而为拉杂凑成者，概可知矣。岱顶以西，尚有一孤峰，较岱顶略低，近来始有人踪，名曰兜率台，不在五台之列。岱顶以南，有高峰名翠华，即古之太乙，亦不在五台之列。

登终南山旅程日志

八月十四日午前六点半，乘骡车由长安起身，出南门，向终南山进行。同行者为李干臣、陈斠玄、蔡江澄及陕西林务专员赵昆山四君，随带听差兼向导一名，分乘三辆单套骡车。是日之骡车为西北大学代雇者，较之赴咸阳时所乘之二套骡车，差为洁净。南山麓多土匪，时有劫掠之事，是日向督署借得卫队四名，骑马荷枪随行。

九点，至韦曲，共行二十里，韦曲以北皆旱田，地味干燥，以南多水田，地味潮湿，又南行东转，约三里许，至牛头寺，寺在韦曲东龙首原上，祀释迦牟尼，稍东为杜子祠，祀唐诗人杜工部。此处地方凉爽，从前为长安贵人避暑之处，自民国成立后，地方多故，避暑贵人久不至矣。本年西北大学一部分学生在此避暑，组织暑期平民学校。院内树木甚多，有南天竹、龙爪槐及木瓜（即香圆）等，梅树、桂树、紫荆树，高皆逾丈，甚为雅观。房屋虽不甚多，而院内清香，沁人肺腑。

正殿后有人造之洞（即窑）三间，老僧寝处于此，余入参观一次，冷气袭人，洞内供罗汉像。

此一带地统名樊川，稻田荷池甚多，樊哙之封邑在焉。再东十五里为杜曲，唐朝贵族杜氏世居之地，现在人口尚不少；以非赴终南必经之路，故不在。

折而西，归原路，南行三里，有河流，名潏河，水甚少甚清，与黄河渭河之混浊者迥异。河上有桥，宽丈许，长数丈，名申店桥。过桥南行十二里至黄浦村，人家多土房茅草顶，差与"黄"字名实相副。骡车大路在阪上，西望村落，树木甚多。村南有河流，名洛河（陕西有二洛河，此为南洛河），沿河一带皆稻田，引河水以灌溉，河由秦岭山麓，北下流入稻田中，因天然地势，自然就下，差省人工，风景之佳，颇似日本。

古云"八水绕长安"，谓浐、灞二水在城东，沣、皂二水在城西，潏、洛二水在城南，泾、渭二水在城北，实则泾、渭皆大河，发源甘肃，流入陕西，会于高陵，下流入黄河，其流域长亘千余里。浐、灞、潏、沣、皂、洛六水皆小河，发源长安城南之秦岭山麓，北流至长安城北，入渭水，最长者不过百余里，短者仅数十里。现在陕西天旱，浐、灞二水皆涸，沣、潏、洛三水，亦仅细流涓涓矣。

自渭南临潼以西，经过长安、鄠县、周至、郿县，沿秦岭山脉北麓，渭水南岸，凡东西数百里，南北数十里间，皆稻田，引南山之水（浐、灞、潏、洛、沣、皂等水）以灌溉之，故用力少而收获多。近来私种鸦片之风流行，多数稻田已变为鸦片栽培地矣。

南行五里，至王曲，为长安城南之市镇。在小酒铺中略进午餐，馒头几个，咸菜一碟，差足果腹而已。昆山原籍在王曲东十二里，与小酒铺主人有旧，主人特别招待，在外觅得生鸡卵十余枚，煮熟以佐餐。王曲南半里官道旁，有陕西全省总城隍庙，颇堂皇伟大，为此地人民崇拜之中心点。

出王曲南行约十里，至留村，距长安五十里，是为终南山北麓。是时下午二点半，乃入广惠寺小憩，商议雇山兜上山。平日每兜脚夫二人，往复一次，约六十里，需时二日，价洋二元。是时脚夫以我辈皆远客，要求每兜用四人，索价八元，磋商之结果，至少亦须六元。余等以索价太昂，无还价之余地，乃议停车马于山下，留车夫与护兵一名，在此处喂马，随带护兵三名，雇用脚夫二名，肩挑衣服行李，步行上山。

四点半，出发，南行里余，至朝天门，遂入山沟，两旁为山，中央为谷，有涧水由山下注，气候渐清爽。从此南行，经过一天门，路渐高，庙渐多；至二天门，则路渐陡，多石级叠累之路，少土路，气候渐冷。约行十四五里，至胜实泉，小憩，饮茶。拟在此处住宿，因另有游客，携眷在此避暑，不果。

复东南循山路行，步步登高，约行二三里，至迎真宫。时已午后八点，暮色昏黄，路旁树木甚多，不能睹物。乃止宿于此，嘱看庙和尚作汤面疗饥，以咸菜及秦椒末佐餐。十点，就寝。

迎真宫房屋不多，寝室系火炕，余与江澄、斠玄，宿于外间门扇上，夜间甚冷，跳蚤极多。干臣、昆山宿于炕上，夜间尚不甚冷，但跳蚤亦不少。

十五日早四点起床，五点一刻出发，循山路向东南进行，过三天门，路愈陡，路旁植物愈多，湿气甚重。六点，过吕祖宫，至紫竹林，小憩，饮茶。此处距山下二十余里，供观音，寺前眼界极空旷。

自此以上至四天门，路愈陡，路旁多庙，多树。回头下望渭水流域平原，则长安如盘，渭水如带，皆在眼前，风景奇丽，略似日本东京近郊之高尾山。唯山较高，较奇，天然之风景似胜彼。而树木之中，杂树甚多，松柏甚少，不似彼之满山皆杉，树之行列甚不整齐，路较窄，较陡，较不平，人造之风景似逊彼。庙多用石与砖及土坯建筑，与彼之用木造者，亦异其趣。而各庙之旁，皆有泉水，供住持及游人饮用，则与彼亦正相似也。

七点半，至岱顶，为南五台之最高峰。上有圆光寺，供五大菩萨。此寺在民国四年失火，现在系重修者，开工九年，尚未收工。正殿五楹，南向，因山太高，风太剧，恐受震撼，故以石为墙，用铁作瓦，木材用松树，系就地取材。余等在此处早餐，有馒头、米汤、茄子、芸豆、萝卜缨、芹菜，较昨晚之菜稍佳，陕西最普通之菜为秦椒末，在山中几乎每饭皆有。

九点三刻，下岱顶，往西行，上兜率台。此处系新开辟者，道路崎岖难行。峰顶仅有茅屋二间，为居士修行之所，无庙。

十点，下兜率台，东行，穿岱顶北山腹，至文殊台。台在岱顶东山腰，地势稍低，相距不过数百步，庙门深锁，无僧看守。

十点五分，下文殊台，东北行百余步，至清凉台，亦在岱顶东山腰，地势益低，庙门深锁，无僧住持。

下清凉台，东行，十点半，至灵应台。台在岱顶东，为另一孤峰，高不及岱顶，而陡峻过之。寺祀送子娘娘。余等在此处小憩，饮茶，干臣、昆山二君同赴舍身台。

舍身台在灵应台东，为另一孤峰，较灵应台稍低。四围皆大青石，无树。庙以石为墙，基址甚小，无僧。距灵应台甚近，全峰一览无余，余等故不往。

十二点，由灵应台下山，西北行四五里，十二点半，至紫竹林，在此处午餐，有米饭，素菜，食后，小憩。

二点一刻，西北行，就下山之途，途中不敢逗留，四点一刻，行约二十里，至白衣堂，小憩，饮茶。

六点，回至留村，即刻乘车北上，七点，至王曲，八点，至韦曲，拟止宿于此，叩各店门，各店以近来土匪甚多，相约张灯之后，即闭门，不再留客。不得已，忍饥与疲复前进，十一点，至长安南门。由护兵向南关巡警局借电话，唤开城门，十二点，回西北大学。

终南山概况

自长安至终南山麓之留村，大体皆平原，然北部为渭水南岸，地势较低，南部为秦岭北麓，地势较高，北部多旱田，南部多水田，北部干燥，属大陆气候，南部湿润，属森林气候。

自留村至岱顶，皆山路，方向自西北向东南，名为三十里，实则不止三十里。自朝天门以上，路渐高，气候渐爽，涧水下流，两旁为人行之土路。一天门以上，寺渐多。二天门以上，路渐陡，石路渐多，树木渐多。胜宝泉以上，涧水中断，然尚有泉可供饮料。三天门以上，气候渐冷，湿气甚重。四天门以上，路愈陡，然土路转多，石路转少，寺院渐少。自此以上皆无泉，山顶五台所用之水，一部分由四天门运上，有时存储雨水以供饮料，游人饮之多腹泻。

自山麓至山顶，共有寺五十余处，皆僧寺，仅吕祖宫一处为道观。皆前清及民国新建筑，无稍旧者。寺观基址皆不大，而香火颇盛。寺皆无下院，无财产，各寺之所有权，归山下各村落，最远者达于咸阳。每村各有一二寺，或二三村共有一寺，推乡绅为会长，管理寺务。每年六月初一日至三十日，为开庙会日期，所收之香资及平日所募之布地，皆归会长经理，寺僧不能过问。寺僧名义上为住持，事实上为聘员，每年除去由会长给予钱若干、米若干、麦若干外；仅有平日游客给予之茶钱、饭钱及店钱归其所有，此外不得过问。每寺仅有一僧，不著名之寺，平日闭锁，不招僧住持，以省经费；至开会时，则由会长派人，或亲身来经理，供给朝山之客饮茶住宿，而收其香资以为报酬，俗呼寺为汤房者以此。

秦岭山脉南麓（汉中道方面）树多，北麓（关中道方面）树少，因樵采者太多，遂至童山濯濯。独终南山谷，为朝山者必经之路，民间习惯：谷中之树，禁止樵采，各寺若兴建筑，需用木材时，须先呈报县署，由县署饬各寺会长开联合会议，通过后，始行批准。各寺所需木料，须在其寺近旁采集，不得侵入他寺范围。若无故滥行斩伐，则以为得罪于神，须罚其出资，在附近寺前演剧，以向神表示忏悔。古迹、名胜、水源地保护之森林，赖神秘的迷信习惯而得以保存，在世界上固属创闻，而在我国则正可利用此种习惯，以实行保护政策也。

终南山

王　维

太乙近天都，连山接海隅。

白云回望合，青霭入看无。

分野中峰变，阴晴众壑殊。

欲投人处宿，隔水问樵夫。

　　终南山上植物甚多，此次干臣、昆山，系受西北大学委
托，调查山上植物，将来预备在此地造林场者。干臣采集之标
本甚多。

华山之观察

华山之区域

秦岭山脉，西起陕西汉中道凤县，东经关中道郿县、周至、鄠县、长安、临潼、渭南、华县、华阴等县，至潼关，而与崤山连接，东西长约八九百里。最高之峰为太白山，在郿县境内；其东为终南山，在长安境内；东为骊山，在临潼境内；又东为少华山，在华县境内；又东为太华山，在华阴境内。普通所称之华山，即指太华，高出海面约万尺，至顶列为三峰。西曰莲花峰，峰之石龛隆不一，皆如莲叶倒垂，俗名西峰。南曰落雁峰，在莲花峰东南。约三四里，旷莽无际，俯瞰三秦，为三峰中之最高者，俗名南峰。东曰朝阳峰，在落雁峰东北，约三四里，较落雁峰略低，俗名东峰。朝阳峰之西，有一小峰，状甚秀异，如为朝阳峰所抱者，是为玉女峰，俗名中峰。此四峰总为一大峰，周十余里，外面壁立，而内面倾斜，莲花峰之东北麓，地势最低，雨时则四峰之水皆会于其处，俗名玉井，亦曰玉泉，玉泉之水北流到北崖，化为瀑布，泻入崖下。

北崖东北隅有一孤庙，名金锁关，为登华顶者必经之路。出金锁关，东北下，另登一孤峰，名五云峰，地势较华顶四峰皆低，为登华顶者必经之路。由五云峰东北下，经过苍龙岭、上天梯、擦耳崖，而至云台峰，途中所经之路绝险，眼界极宽，为华山最胜境。云峰为另一孤峰，俗名北峰，地势较五云峰又低，中间有苍龙岭联络之，势若长虹，为天然之栈道。自此峰西北下，经过老君犁沟、百尺峡、千尺幢，而至青萝坪，虽地势奇险，攀登极难，然眼界之空旷，远不及苍龙岭矣。自青柯坪北下，经过十八盘路，而至莎萝坪，地势之陡，等于南五台绝顶，然较之百尺峡、千尺幢，则益为坦途矣。自莎萝坪以下至谷口，地势倾斜益减，与南五台三天门以下相等，愈为坦途矣。

兹试将华山之峰及登华顶所经之路程，列举于下，以供参考：

（一）华山之峰

（1）华顶，分为四峰，总为一大峰，周围约十里。

南峰，即落雁峰，为华顶最高峰，海拔约万尺。

西峰，即莲花峰，在南峰西北约三四里，较南峰略低。

东峰，即朝阳峰，在南峰东北约三四里，较西峰略低。

中峰，即玉女峰，在东峰西北不足一里，较东峰又低。

（2）五云峰，在华顶东偏北，较中峰低。

（3）北峰，即云台峰，在五云峰东偏北，较五云峰又低。

（二）登华顶所经之路

（1）谷口，在华阴县治南十里，亦名张超谷，所经之路平坦。

（2）第一关，在谷口南五里，亦曰五里观，路渐高。

（3）莎萝坪，在第一关南五里，路益高。

（4）毛女洞下院，在莎萝坪南五里，所经之路为十八盘，甚陡。

（5）青柯坪，在毛女洞下院南五里，所经之路益陡。自谷口至青柯坪，山路约二十里，尚可乘肩舆，唯险路仍须步行。

（6）北峰，在青柯坪东南十里，所经之路为千尺幢、百尺峡、老君犁沟，奇险绝陡，只能步行。

（7）五云峰，在北峰西偏南五里，所经之路为擦耳崖、上天梯、苍龙岭，奇险绝陡，只能步行。

（8）华顶，在五云峰西偏南五里，所经之路为金锁关，甚陡，只能步行。然较之千尺幢、百尺峡、老君犁沟、擦耳崖、上天梯、苍龙岭等，则险峻之程度，似乎稍逊。

以上所举路程：自谷口至青柯坪二十里间，尚属坦途，方向大体向南，但稍偏东。自青柯坪至北峰约十里，方向向东南；自北峰至五云峰约五里，方向向西稍偏南；此十五里间，为华山胜境，道路极其难行。自五云峰至华顶约五里，方向向西南，道路尚属易行。

华山险峻之路，两旁（或一旁）必有铁索，行人可以攀缘而进。相传铁索创置于宋真宗时，历代时有增置，或修补；清高宗乾隆中，毕秋帆巡抚陕西，其缠足之如夫人欲登华山，秋帆为之大行修理；中间偶有断续之处，为当代善男信女所修复者，则用铁牌勒其姓名于铁索旁，以迷信之心理，谋交通之便利，真可谓功德无量，我辈游人受惠不浅也，相传每年开朝会时，缠足之妇女，登山朝拜者甚多，陈前督之如夫人数人，亦皆登过一次。

华山诸地，凡山顶曰峰，两峰中间连接之石梁曰岭，山边曰崖，两山间曰峡，山间之低地曰谷。山间之平地曰坪，山岩之穴曰洞。

登华山旅程日志

余以八月十四日，赴南五台，十五日，还长安，十六日，复在西北大学暑期学校授课一次，结束讲义。十七日午前七点，发长安，就还京之途，同行者为李干臣、陈斠玄、李济之、蒋廷黻及西北大学校长室秘书段民达（绍岩），共六人，相约往游华山，西北大学校校长傅佩青，将回兰封，为其封翁祝寿，亦同行，分乘汽车二辆。九点，至渭南，赴县立高等小学校，访刘静波，适值静有事羁身，不克同行，余等乃辞去。十二点半，至华阴，谒县长徐文永（少甫），适刘督军先来电请其照料，徐县长款待甚优，在县署用茶点毕，派保卫团五名，引路兼护送，遵余等赴华山麓，佩青因急于赶路，先辞谢赴潼关。

是日午后三点，余等六人，分乘骡车三辆，出华阴西门，折而南，行十里，四点，至华山麓。徐县长先请华阴县承审员施仁政（静谷）、警佐李廷献（修甫）、县署会计李廷臣相辅，在此接待，住仙姑观。

观在华山北麓，谷口东，距谷口不足半里，为唐睿宗女西城公主潜修之所——唐中宗景龙四年六月，睿宗即位。十二月，以西城、隆昌二公主为女官，以资天皇太后之福。欲为造观，谏议大夫宁原悌、补阙辛替否上疏谏，不听，后改封西城为金仙公主，隆昌为玉真公主——正殿祀九莲圣母，西配殿祀金仙公主，为唐代金仙观遗址。玉真观在其东，约半里许，地名华山城子，其庙已圮，遗址被居民侵占，建为房屋。

仙姑观为西峰下院，每年三月间，开全山大会，九月九日，开西峰朝会，观内香火甚盛，香客以商洛一带者居多数，观内植物甚多，有松、柏、椿、香椿、梧桐、青桐、槐、杨、桑、榆、桧、枣、杏、核桃、枞、紫金等树，皆高过屋顶，紫金高约四五丈，大树也。院有竹数百竿，青葱可爱。

五点五十分，往游玉泉院。

院在仙姑观西不足半里，南接华山北麓，西邻谷口。华顶玉泉之水，由北崖泻为瀑布，降至崖下，流入青柯坪下之山沟，合石隙细流之水，汇为深涧，下流穿过本院南墙，出北墙，北流数十里，入渭水。其水甘而列，可以供饮料及灌溉之用，故其流域颇有稻田，玉泉院之是名以此。正殿祀陈希夷先生，建筑甚伟大，内院植物甚多，有青桐、紫荆、黄杨、牡丹、桂花、玉兰、枳、金线吊蝴蝶（人造树，用冬青树接成）等。外院有希夷洞，供希夷先生石像。有希夷先生手植无忧树（榆之一种）数株，为后五代末宋初之古树，传世之久几近千年，老干轮囷，枝叶扶疏，巨物也，旁有无忧亭一座，建筑古峭，下视渭水流域平原，眼界空阔。院外竹园极多，风景甚丽。

晚，宿于仙姑观，县署送来晚餐，甚丰腆。

由山麓至山顶约四十里，往返步行，甚为困难。由山麓至青柯坪二十里间，本可以乘肩舆（一圈椅缚两扁担，前后二人抬之，俗名山兜），奈一个月以前，驻陕某师长，赴青柯坪辟寿，军界来祝寿者甚多，雇肩舆至二十余抬，所发下之赁价，多数为仆从干没，舆夫索价，有时反被仆从殴辱，故舆夫对于官厅完全不信用，余等此次雇肩舆乃大费周折。幸施先生李警佐从中调停，议定一送一接，照两次之脚价开发，先发赁价，后送酒资，雇定肩舆八抬，约次日清晨起行。

十八日午前八点，乘肩舆上山，李警佐李相辅偕行，随带巡警八名，引路兼护街。西行不足半里，经过玉泉院前，即至谷口。入谷向南稍偏东，循玉泉涧水进行，沿路大石嶙峋，水声潺湲，道路甚陡甚窄，宽不过二尺，无十步外之坦途。谷中有一巨石，为前清光绪十年六月，雨中由山上冲落溪中者，俗以其形似鱼，呼曰鱼石。八点四十五分，行五里，至第一关，旁有五里观，祀关壮缪，在此小憩饮茶。又南行二里，至莲花洞，又三里，经过桃林坪、希夷峡，至莎萝坪，小憩。

莎萝坪祀玉皇上帝，旧传有大莎萝树，荫可数亩，今已无其迹。

自莎萝坪前进，山路益陡，为十八盘，余等下舆步行。又五里，至毛女洞下院，小憩。莎萝坪之东，隔溪绝壁最高处，号曰上方，相传为陈希夷隐居处，以非必经之路，故不往。毛女洞下院西高岩上，有洞在焉，相传毛女名玉姜，字正美，为秦始皇宫女，殉葬骊山者；以计脱，隐居于此，以非必经之路，故亦不往。

自毛女洞前进，山路益陡，时常下舆步行，十点二十分，行五里，至青柯坪，自谷口至此，山路约二十里，行二小时以上。青柯坪之庙，名通仙观，庙共四所，道士七八人，住持高礼江，字九源，山东泗水县人。此观为北斗坪下院，北斗坪在观西约数里，为一高耸之孤峰，以非必经之路，故不往。此处为明末理学大家冯从吾先生讲学处，旧名太华书院。

青柯坪在华山腹，地势幽秀，眼界空旷，北望渭水流域平原，如在目前。南望西峰，壁立千仞。西峰之东，沿华顶北崖隆起之处，为二十八列宿潭。旁有大瀑布，直下数千仞，颇壮观瞻，俗呼为水帘洞，因天久旱无雨，水已涸，仅留其痕迹。瀑布之旁，岩石上，有天然二像，形如二人比肩，俗呼为和合二仙。瀑布之东，沿华顶北崖隆起之处，为金锁关。

青柯坪以下之山路，皆沿涧水进行，至此则与涧水分离，涧水向正南，与瀑布连接，人路向东南，面峭壁进行矣。

自青柯坪以上，须舍舆步行，余等在此午餐，借资休息。午后一点半，起身向东南进行；随带巡警二名，壮夫二名，引路兼携带衣物——自此以上皆一夫当关万夫莫开之路，土匪绝对不能伏藏，无须多带巡警——其余之巡警，皆留住青柯坪，保护谷口。行约里许，至回心石，凡登山心志不坚者，至此多废然而返，故有此名。又东南行数百步，路皆斜削绝壁；攀铁索而上，约一里余，至千尺幢。

千尺幢在峭壁上，凿石成级，以铁索纳石孔中，络铁索其上，俾游人攀附斜上，如是者数十步，复易斜上而为直上。其峭甚不能成级者，则凿石成孔，令入足之半，左右垂铁索，攀之而上。凡数转始至其巅，共约三百九十四级。

一点五十分，上千尺幢，北转一坡，约里许至百尺峡。

峡在两崖间，石级及铁索之构造，略如前状，但高不及百步，峡尽处有大石夹崖而覆其上，行人探首侧身出其中，形如鼠穴。《水经注》所谓"南至天井，井裁容人，穴空迂回倾曲而上，可高六丈余，上者皆所由涉。并无别路，欲出井望空视明，如在室窥窗也云云"，即指此处。

东行约三四里，经过二仙桥、东厢谷，二点十分，至群仙观，小憩。复折而南，至老君犁沟。

沟距百尺峡约五里，峭壁上有沟如犁关，凿石级容足，两旁石壁上悬铁索，行人以手攀缘而上，计二百五十二级，其险峻之度，与千尺幢略等。但东面石壁甚低，其下为深谷，探首其中下望，颇令人惴惴。

出老君犁沟后，折而东南行，约里许，二点三十分，至北峰，形窄而长，尖峰耸拔，一径斜通，在此处小憩饮茶。时细雨溟蒙，气候渐冷，暝色苍然四合。绍岩以精神不快，留宿于此。

三点半，发北峰，向西南进行，在悬崖东面攀铁索而过，是为擦耳崖。约里许，至上天梯，悬崖直立，作垂直线形，两旁有铁索，中有容半足之石级，蹑足攀缘而上，历三十八级至其巅，是为日月岩。上有洞名金天洞，祀西岳山神，洞之高广深皆在二丈以上，所供之神皆石像。

三点四十分，南行，约里许，至苍龙岭。

苍龙岭为北峰与五云峰之连锁，北低南高，南北两头为峰，东西两旁为谷，中间以一线石梁接合，宽不逾三尺，长二百四十六级，势如长蛇，头在五云峰上，尾达日月岩上。两旁之谷，壁立万仞，俯首下视，不寒而栗。赖中间有石级，两旁有石栏杆，上系铁索，行人拾级攀索，猱升而进。岭上风极高，气候极冷。相传石级石栏杆铁索系宋真宗时所设，宋以前之登山者，过苍龙岭时，皆伏身于岭上，如骑马状，以手代足，匍匐而进。韩退之登华山，还至苍龙岭上之龙口（地名，在岭西）不敢下，痛哭投书于岭下，求救。毕秋帆登华山，遇暴雨，蜷伏于岭上二小时，皆此处也。

千尺幢、百尺峡、老君犁沟、上天梯、苍龙岭，皆称奇险，然上天梯极短，只管瞻前不顾后，自然不害怕，亦并不十分费力。千尺幢、百尺峡，两旁石壁甚高，行人如鼠行穴中，虽气喘汗流，然颇不害怕。老君犁沟西面为高峰，东面为深谷，沟颇浅，行人常探半身于沟外，俯视足下，危岩高耸，下临无地，未免心惊。苍龙岭则石脊凸起，行人全身站立脊上，两旁皆万仞深谷，尤觉不寒而栗。

四点一刻，至五云峰，阴云四合，暮色苍茫，不敢停留，攀藤附葛，鱼贯而进。四点四十分，至金锁关（一名通天门），石级陡然高起，寒气骤至，同人在此遇风，多感寒疾。自此循中峰北麓西下，经过细莘坪、镇岳宫，五点十分，上西峰。

镇岳宫在西峰下，玉井在其前，圆径约五丈，韩退之诗所谓"太华峰头玉井莲，花开十丈藕如船"者，是也。华顶四峰皆无泉，在岩石上凿洞，存储雨水供饮用，天久旱无雨，储水涸竭，则往玉井取水，井内有泉，冬夏不竭。

西峰之庙，坐西向东，名翠云宫，祀三圣母。庙前有大石，形似莲瓣下垂，其下有洞，名莲花洞。洞口石上刻径尺大字四，曰太乙莲台。庙后有大石，长十余丈，浮置峰顶，中间有大裂纹，斩然断而为三，名劈斧石，俗传为陈相子斧劈华山遗迹。南端之大石片，其缘边出入，俗呼曰莲花瓣。岩石上之凸凹似趾痕者，曰巨灵足迹。

是晚宿于翠云宫，被褥系呢面布里，但不大洁净，且湿气太重，跳蚤甚多。夜间闻山下风雨声大作，然山上无风无雨，只觉寒冷潮湿。翌晨，绍岩至自北峰，始知北峰顶上风雨甚急，夜深始止。

十九日晨起，出翠云宫后门，登舍身崖，为西峰最高处。北望黄河如带，渭水如苇，渭水流域平原如掌，首阳山如培塿，皆在目前。南峰、东峰、中峰之宫观，如望衡对宇而居，临眺即是。

午前九点出发，向东南进行，过屈岭，至南峰麓。

屈岭俗名骆驼项，为西峰、南峰之连锁，其西为西峰，东为南峰，南北两旁为深谷，形状颇似苍龙岭。然长不逾十丈，宽可五六尺，两旁之谷在华顶上，深不过数十丈，险峻之程度不及苍龙岭。而中间无石级，两旁无石栏，无铁索，仅中间有一线铁索，游人在两旁援索而行，大石甚滑，稍一不慎，容易跌倒，其难行之程度，反在苍龙岭以上。四围为华顶所遮，眼界之空旷，亦远不及苍龙岭。

九点一刻，至老君炼丹炉，一平常道观，无可观。复东南上，九点半，至仰天池，山风甚高，气候甚冷。

仰天池在南峰绝顶，为华山最高处，北望黄河、渭河、北洛河，南望秦岭山脉，皆在目前。池内一泓清水，方不盈丈。其东为老子祠，其南缘山坡稍下为黑龙潭，方广与仰天池略等，为毕秋帆祈雨处。

九点四十分，至南峰，小憩，饮茶。住持道欲敲竹杠，持缘簿来募化，余等皆穷措大，无贵人，皆研究学术者，无迷信宗教者，辞谢，乃已。

南峰之庙名金天宫，祀西岳，后跨院祀龙王，庙坐南向北，建筑比翠云宫伟大。

十点半，东北循山崖，下行十数丈，过陈抟避诏崖（相传宋太祖即位后传诏征陈抟，抟不应诏，避居于此，故名避诏崖），复折而东南，循崖而上，约半里许，十点四十分，至南天门，小憩。

南天门在南峰东侧，祀五雷财神，下临绝壑，由此可视南峰阳面之绝壁。自南天门循绝壁向西，有木造之细路，曰长空栈，凿绝壁半腰，宽三四寸，以铁杙插壁，承以狭板，借以容足；壁上横缀铁锁，借以容手；中间高下不接之处，垂双锁以连络之，人行其间，则面壁，舒臂，缘锁，以足横移，或缘锁下缒。下临千仞绝壑，栈长十余丈，其尽处为贺老石室，系元时道士贺元真——本庙开山祖师——避静处。此处虽险，然非必由之路，可以不必往；且其险系人工所造，非天然生成，与苍龙岭、骆驼项相较，价值还不如矣。

下南天门，向东北行，约三里，十一点，至东峰，小憩，饮茶。

东峰之庙名八景宫，坐北向南，祀三清，地基较金天宫略小。其东南方有一小峰，相隔不过数十丈，顶平；上有小庙，系以铁铸成。此峰名博台，相传为秦昭王勒博箭处，又谓为卫叔卿围棋处。由东峰畔悬崖，悬铁索，长约数十丈，崖上凿石成孔，仅容足趾，面向内，背向外，攀缘而下；道路极险，专恃臂力。中间最险峻处，俗名鸡子翻身，干臣、济之、延黻三君，相偕往观，余以此峰风景，在东峰临眺，可以一览无余，故不往。

十一点五十分，下东峰，西行北转，十二点十五分，上中峰。

中峰之庙名玉女宫，祀圣母，庙坐北向南，基址比东峰稍大。殿前大石上，有玉女洗头盆，石上一小洞，直径不过二尺，雨水满注其中，《集仙录》所谓"水色碧绿澄澈，不益不耗"者，其谓是欤？中峰在东峰左腋，由东峰顶至中峰顶，相距不过数十丈，可惜无苍龙岭、骆驼项等天然石梁联络其间，行人由此之彼，有上下之劳，故路程觉远耳。

十二点半，由中峰北下，回至金锁关，遥望东峰，仙人掌俨然在目前。

仙人掌在东峰东北崖上，途中可以遥望之，及至东峰则反不见。《贾氏谈录》谓："山石本黑，膏出于墨，从上溜下，作淡黄微白色，间之黑壁中，上则五歧，下则片属，歧者如指，属者如掌，复有细溜数百，杂五歧间，自远望之，细者不见，唯见其大者，故五歧如指耳。"

一点一刻，回至五云峰，小憩，午餐。

五云峰之庙名通明宫，祀玉皇上帝。

二点，出发，五点三刻，回至青柯坪，宿于通仙观，跳蚤太多，夜不能寐。道士持纸索书，余不能书，代拟数联，托绍岩代书，分落同行诸公下款，兹录原联于下：

推窗看月色，倚枕听泉声。

好鸟得真趣，奇花闻妙香。

卷帘朝北斗，倚枕望南山。

青柯坪为北斗峰下院，故云然。

二十日午前七点半，乘肩舆下山，八点半，回至五里观，小憩。九点，回至仙姑观，九点半，乘骡车北行，十点四十分，回至华阴县署，徐县长留共午餐。绍岩作七律二首以记此行，兹介绍于下：

（一）

红尘梦想金天岳，难得今朝汗漫游。

适馆授餐劳邑宰，行吟坐啸萃名流。

经藏王猛台无恙，诏避陈抟树解忧。

修竹万竿新雨后，仙姑宫观暂勾留。

（二）

太华岩峣足荡胸，白云深处访仙踪。

攀梯直上苍龙岭，度索飞登落雁峰。

玉井芙蓉花朵朵，星潭松桧翠重重。

仰天池上呼天问，天下何时靖燧烽。

望岳三首·其二

杜　甫

西岳崚嶒竦处尊，诸峰罗立似儿孙。

安得仙人九节杖，拄到玉女洗头盆。

车箱入谷无归路，箭栝通天有一门。

稍待秋风凉冷后，高寻白帝问真源。

华山与他山之比较

（一）华山与终南山之比较

华山自麓至顶，号称四十里；终南仅称三十里。其不同之点一。

华山之路，石多于土；终山之路，土多于石。其不同之点二。

华山之路，自青柯坪以上，若千尺幢、百尺峡、老君犁沟、苍龙岭、骆驼项等，皆奇险绝陡，极其难行；终南山则较为易行。其不同之点三。

二山之路，皆宽处不过三尺，窄处不过二尺。其相似之点一。

二山山麓皆有涧水，皆至山腹而中断。其相似之点二。

二山之涧水，皆流入山下，灌溉稻田，资民间利用。其相似之点三。

二山绝顶皆无泉，以雨水供饮料，雨水涸竭时，则取之于峰下。华山取之于玉井，终南山取之于四天门。其相似之点四。

二山皆杂树多，松柏少。其相似之点五。

二山之树，皆赖迷信保存。其相似之点六。

华山自山腹以下，树木缺乏，北峰以上，始渐繁衍；终南山随处皆有树木，二天门以上，即逐渐繁衍。其不同之点四。

二山皆富于庙宇。其相似之点七。

华山之庙皆道观；终南山之庙皆僧寺。其不同之点五。

华山之庙创建较古（唐宋以前）；终南山之庙创建较新（明清之际）。其不同之点六。

华山之庙有下院（非全数有下院）；终南山之庙无下院。其不同之点七。

华山之庙，住持皆终身，并世袭（传徒弟）；终南山之庙，住持皆雇员。其不同之点八。

华山之庙无会长，财产归住持管理；终南山之庙有会长，财产归会长管理。其不同之点九。

二山之庙皆无许多不动产，大体恃香客之香资与游人之酒资维持。其相似之点八。

华山无女道士，终南山亦无尼僧。其相似之点九。

以上为华山与终南山之比较，凡相似者九，不同者九。

（二）华山与泰山之比较

二山俱为五岳之一，俱受古帝王崇拜。其类似之点一。

华山自麓至顶，号称四十里，实则不止四十里。泰山自麓至顶，凡四十八里。二山里数不相上下，其类似之点二。

二山高度俱不及雪线。其类似之点三。

山皆石山，自顶至麓，石多于土。其类似之点四。

华山自谷口至青柯坪二十里间，道路比较易行，自青柯坪至五云峰十五里间，道路陡峻难行，自五云峰至华顶四峰间，道路又较易行。泰山自一天门至中天门凡二十二里间，道路比较易行，自中天门至南天门十八里间，道路陡峻难行，自南天门至玉皇顶间，道路平坦易行。二山之路，皆中间崎岖，两头比较平坦。其类似之点五。

华山之路，自北向南，曲折较多，曲折之度较大；泰山之路，由南向北，曲折较少，曲折之度较小。其不同之点一。

华山之路，宽不过二三尺，肩舆只能到半山；泰山之路，宽逾一丈至二丈，肩舆可以到绝顶。其不同之点二。

泰山最陡之路，只有南天门下之紧十八盘；华山之路，若千尺幢、百尺峡、老君犁沟、上天梯等，其陡峻之度，皆与之相等。苍龙岭、骆驼项等之险峻石梁，泰山无有。其不同之点三。

泰山在中天门上，尚有平坦大路，称为快活三里；华山自青柯坪上，步步险峻，快活一里皆无。其不同之点四。

泰山之绝顶为平地，玉皇顶、日观峰、月观峰，俱在其上，周围不过数里；华山之顶，为莲花、落雁、朝阳、玉女四峰，道路崎岖，周围约十里。其不同之点五。

二山山麓皆有涧水，皆至半山而中断。其类似之点六。

二山山顶皆无泉水，皆自峰下取水以供饮料。其类似之点七。

华山自半山以上多杂树，松柏绝少；泰山则五大夫松以下皆柏，以上皆松，并无杂树。其不同之点六。

二山皆富于道观，其初建年代皆较古。其相似之点八。

华山仅有道观；泰山之斗母宫，则归尼僧住持。其不同之点七。

华山道观，皆预备被褥，供游人止宿；泰山无此设备。其不同之点八。

华山之肩舆用圈椅，乘客比较难过；泰山肩舆用网兜，乘客比较舒服。其不同之点九。

泰山古碑多；华山古碑少。其不同之点十。

以上为华山与泰山之比较，凡相似者八，不同者十。

（三）华山与北京西山之比较

华山以峰著名，西山以寺著名。一系天造，一系人工。其不同之点一。

华山甚高，有名之寺皆在山顶；西山较低，有名之寺皆在山麓或山腹。其不同之点二。

华山之路，石多于土；西山之路，土多于石。其不同之点三。

华山之路，极其崎岖；西山之路，较为平坦。其不同之点四。

华山涧水较多，农民可资以灌溉；西山泉水缺乏，农田不能借以维持。其不同之点五。

华山植物，种类较多；西山植物，种类较少。其不同之点六。

华山皆道观；西山皆僧寺。其不同之点七。

华山之庙较为朴陋；西山之寺极其宏壮。其不同之点八。

华山之庙不动产较少；西山之寺不动产颇多。其不同之点九。

华山之庙，香客多，游人少，收入多香钱；西山之寺，游人多，香客少，收入多茶饭及酒资。其不同之点十。

华山之庙，道士人数较少；西山之寺，僧人人数较多。其不同之点十一。

华山道士较为俭朴，对于游客，多系自己接待；西山僧人较为奢侈，对于游客，多派仆人接待。其不同之点十二。

归途日志

八月二十日，由华山回至华阴，在县署午餐后，绍岩辞别，还长安。十二点，余等五人分乘骡车三辆东下，午后五点，至潼关。赴三十五师司令部，晤李副官，知余等行李船在潼关东七里店停泊，余等遂出东门，路上盘查甚紧，耽搁时间甚久，八点，上船。督署卫队陈排长，受督军委托，随带护兵八名，随船押送行李，并护送余等赴陕州。柳静波亦至自渭南，同时上船。

二十一日早四点，开船，遇东风，船横行，借水力顺流而下。午后，改西风，船行甚速，六点，至陕州，住耀武大旅馆。

二十二日早四点，起床，五点，赴车站，买陇海铁路三等票赴郑州，价洋三元二角。六点四十分开车，行甚缓，在各站停留甚久，沿途土山坡上，往往被雨水冲成小沟，其状甚似麦垄。天然成草之繁殖地，宜于散布种子。十一点半，过渑池，为秦昭襄王与赵惠文王相会处。午后一点，至金谷园，为绿珠坠楼处。六点，至郑州，干臣、斟玄、静波、廷黻四君乘原车赴徐州，余与之下车，换乘京汉二等车回京，票价十八元一角，床位票二元。

八点，过黄河桥，尚能睹物，气象辽阔。

二十三日早六点，至顺德，禾稼渐茂。内邱境内冲断二铁桥。九点，过石家庄，十二点十五分，至保定，禾稼尚茂。自漕河以北，直抵琉璃河，凡百余里间，铁路两旁之农田，皆没于水。午从三点四十五分，至长辛店，六点，至前门车站，七点，还寓。

此次归途所经之路，与去时之路相同，无许多可记载，然途中在火车上，颇有几种怪象，令人发噱，令人不平，兹追志其梗概于下：

在陕州站上火车时，与余之二人行李，一同过磅，持秤者征收逾量运费洋一元。余等匆匆上车，检查行李票，乃明明记载行李未逾量。急欲下车与彼交涉退钱，而汽笛呜呜，车已开行，此时已饱过磅员之私囊矣。对于久在外旅行之我辈，犹用手段诈欺取财如此；对于不惯出门之乡下人，其待遇更可知矣。

开车以后，路经某站，突来军人二名（一似下级军官，一似兵卒），带领许多脚行，搬运无数小麻袋（内容似洋钱）上车。适干臣离座赴便所，彼辈遂强占干臣之座，干臣归后，与之理论，彼等口出不逊之语，干臣不得已，竟让座焉。有枪阶级对于无枪阶级之无礼如此，焉得不为万人嫉视。

陇海三等车人数拥挤，座位不敷用，后上车之客，站立座旁、妨碍交通者甚多，先上车之客，一人占据一椅，躺着睡觉者亦不少。利己心太发达，公德心太缺乏，火车上之职员竟熟视无睹，绝不过问。同等之客，两样待遇，火车上之客座，任客自由竞争，先上车者有优先权，试问车掌所司何事？维持秩序尚且做不到，遑问其他。

陇海路上，每过一站，查一次票，然偷上车者自若也。余座位旁，有一客患传染病，在车上大吐；斠玄告随车巡警，请通知茶房，令其扫除，彼敬谢不敏，谓此事非彼所司，不便过问也。

到郑州后，余与济之换乘京汉二等车，买妥车票后，随将陕州带来之行李票，交与收容行李处职员，请其代转京汉车。彼辈答以不管，不得已，现找脚行，自己在彼处取出行李，再交与彼辈，换京汉行李票，耽搁十几分钟，仅得不误开车钟点。管理行李之职员，不代客人转行李，须由客人自己向彼辈手中取出，然后再交与彼辈，始肯收受；耽搁时间，多花小费（脚行钱），彼辈固不为客人打算也。

二十二日晚，在京汉二等卧车上，余与济之已就寝，室内床位已人满，电灯已熄，门已锁；忽来兵数人，叩门欲入，茶房婉辞谢绝，彼等坚执不允，喧嚷多时，将余等惊醒，开门出视，彼等始信室内果然有客，乃已。花钱买票之客，为不花钱之兵所搅扰，不得安寝，不平殊甚。

二十三日晨起，往饭车用早点，则见室内座位，满布军人，横躺竖卧，到处皆是，有似下级军官者，有似兵卒者，竟无插足之余地，不得已，退回寝室，唤茶房去叫饭，始得果腹。公共饭厅，为兵所盘踞，既妨碍饭车营业，又妨碍客人吃饭，不平殊甚。

二等卧车，每室只容四人。余所乘之车，有二室为军人盘踞，每室各有三人，一个便服，类似军官，二人军装，类似护兵，三人各占一铺，下余一铺，安放行李，于是一室之四人票价，遂全数牺牲矣。京汉铁路营业，安得不吃亏。买二等票之客人，上车以后，时常找不着座，火车上之管理员，只能向客人道歉，固无如此辈白坐车之军人何也。

结论

此次赴陕，以七月七日，起身，八日，至郑县，九日，至陕县，经过荥阳、汜水、巩县、偃师、洛阳、新安、渑池诸县，似尚属文化之区，因火车一通，则物质文明较为发达也。然山多童山，地多白地，已现出一种萧条寂寞景象。十日，发陕县，十三日，至潼关，经过灵宝、阌乡二县境，则地近穷荒，两岸有山无树，河内有水无鱼，二百里间，岸上无市镇，无居民，无卖食物者，唯时见水面上有粗笨之木造货船往来，荒凉寂寞，仿佛入洪荒世界。十四日，发潼关，经过华阴、华县、渭南、临潼四县而至长安。二十六日，赴咸阳，二十七日，回长安，凡经过河南属下十一县，陕西属下七县，一路所见皆黄色，余欲以黄字代表各县总颜色。盖山（河南之外方山脉、崤山脉，陕西之终南山脉）皆黄，无树。水（黄河及渭水）皆黄，无水草，有泥沙。田地皆黄，天旱尚未下种，无禾稼。城寨皆黄，有土无砖——各县县城本皆砖筑，然多年失修，砖亦残缺殆尽——院墙屋壁皆黄，不用砖筑，用土与坯替代；不用石灰涂壁，用黄土涂壁。帝王之陵寝，古人之坟墓皆黄，无碑，无树，又因天旱，草亦未长，有院落者，则黄土颓垣；无院落者，则一丘黄土而已。运搬器具皆黄，船有苇席顶，无木顶；二套轿车有苇席篷，无布帷；雇用之轿多数无帷，用席包其周，聊作障蔽。蒸食馍馍皆黄。因陕西以西，不用机器面，只用中国旧式石磨所磨之面。衣服皆黄，因水多杂质，夏天着用白色衣服，洗过几次即变色。男子面色多黄，似略带烟灰色。牙齿多黄，似牙刷牙粉用途尚未十分普及。小儿裸体，上下皆黄，代表亚洲人种，雍州土壤本色。上流社会之妇女迄未见过，不敢妄加臆断，街上往来之妇女，多小本生意或劳动家之眷属，足多细小，脸带泥沙，犹不失为中央戊己土正色也。

代表陕西渭水流域平原之颜色为黄，代表终南山、华山之颜色为绿。山皆绿，多青石。水皆绿，多清泉。谷皆绿，多芳草大树。建筑物多用砖石为墙，用铁或陶器作瓦，含青蓝二色。山下多稻田，绿色一望无际。风景之佳，略似江浙日本，独可惜人工修理未至耳。

附：陕西在中国史上之位置

陕西为中国开化最古之地，其在中国政治史文化史上，有数种特别关系。兹列举于下：

（一）陕西为我先民由西方移居中国时，最先经由之路，最先占领之地。

（二）陕西为中国文化发源地。

（三）陕西为中国天子发祥地，凡凭借陕西为根据地起兵之英雄，多能剿灭群雄，统一中国。

（四）陕西之咸阳长安等地，为中国首都凡九百七十年。

陕西何以能有如此华贵光荣之历史？则以陕西地理有种种特别优秀之点，兹试将陕西现在之地理略举于下，以为研究陕西历史之前提。

陕西之地势

（一）四至

东北以黄河与山西分界，东以潼关与河南分界（崤山脉与终南山脉相连接），南以巴山山脉与四川分界，西以嶓冢山、陇山、六盘山脉与甘肃分界，北以横山脉与绥远分界。东南方面界划极为清楚，西北方面界划不大分明。东南方面之山脉河流颇极险要，西北方面之山脉河流较为平坦。东南方面之山脉河流，在历史上为对汉族各国出入之门户，西北方面之山脉河流，在历史上为对蒙古族回族藏族各部落交通之孔路。

（二）自然区域

陕西一省，南北长，东西狭，其山脉河流皆自西向东，山脉与河流相间，两山脉中间夹一河流，两河流中间夹一山脉。南部之山脉皆高大，愈北愈低平，南部之河流皆宽长，愈北愈狭小，南部之地势雄壮，北部之地势广漠。兹试就山脉河流之自然区域，划分陕西为六区，列举于下，以供参考：

（1）汉水流域：巴山山脉以北，秦岭山脉以南。

（2）渭水流域：秦岭山脉以北，岐山以南。

（3）泾水流域：岐山以北，荆山以南。

（4）北洛水流域：荆山以北，梁山以西。

（5）延水流域：梁山以北，横山以南。

（6）大理河无定河流域：横山以北。

汉水流域为汉中平原，渭水流域为关中平原，以上二处皆大平原，其余各流域多小平原，或谷地。

陕西河流皆自西向东，中间有山脉隔断之，故南部北部之河流不相联络，不能调节气候，双方之风俗习惯，受天然限制，南北各异。

就山川之自然形势划分之：秦岭山脉为天然界限，中分陕西为二部。南部气候较温和，北部气候较寒冷；南部风少，北部风多；南部雨量较丰盈，北部雨量甚缺乏；南部多森林，北部多童山；南部多泉水河，北部多雨水河；南部多种稻，北部多种麦；南部之人食米，北部之人食面；南部之人睡床，北部之人睡炕；南部之交通机关用船与轿，北部之交通机关用车与马；南部之人出恭用马桶，北部之人出恭用粪坑；南部房屋较为华丽，北部房屋较为朴素；南部风俗较为奢侈，北部风俗较为俭约；南部之人较为开通，北部之人较为固陋；南部之言语风俗，近于四川湖北；北部之言语风俗，近于山西河南。

（三）政治区域

就山川自然形势划分之：秦岭山脉以南，天然为一特别区域，以汉水为交通机关，与湖北北部相联络。唐初分天下为十道时，分陕西南部湖北北部为一区（陕西汉中道、湖北襄阳道即汉水流域全部），其分区法极为自然。现在并汉水上流流域于陕西省，系承袭元明清旧制，其分区法极不自然。兹试将当代政治区域及历史上之政治区域列举于下，以供参考：

1. 当代政治区域

秦岭山脉以南汉水流域为汉中道；秦岭山脉以北渭水流域、泾水流域及北洛水下流流域为关中道；荆山、梁山以北，洛水上流流域、延水流域及大理河、无定河流域为榆林道。

2. 历史上之政治区域

禹贡：汉中道隶梁州，关中道、榆林道隶雍州。

战国时代：汉中道属楚，关中道属秦，榆林道属魏。

秦始皇帝时：分天下为三十六郡，汉中道为汉中郡，关中道为内史郡，榆林道为上郡。

汉武帝时：分天下为十三部，汉中道隶益州刺史部，关中道隶司隶校尉部，榆林道隶并州刺史部。

三国时代：汉中道属蜀，关中道、榆林道属魏。

晋武帝灭吴以后：分天下为十九州，汉中道隶梁州，关中道、榆林道隶雍州。

南北朝时期：汉中道属南朝，关中道、榆林道属北朝。

唐兴：分天下为十道，汉中道隶山南道，关中道、榆林道隶关内道。

宋初：分天下为十五路，汉中道隶四川路，关中道及榆林道南部隶陕西路。

南宋时代：汉中道属宋，关中道及榆林道南部属金，榆林道北部属夏。

元初：分天下为十一行中书省，三道俱隶陕西行中书省。

明初：分天下为十三承宣布政使司，三道俱隶陕西承宣布政使司。

清初：分天下为二十二省，三道俱隶陕西省。

民国成立：因元明清旧制，划分三道，俱隶陕西省，是为现在政治区域之起源。

陕西在中国文化史上所占之位置

（一）文化发源地之简单条件：世界之文化发源地、中国之文化发源地

陕西为中国文化发源地之一，文化发源地之简单条件，大略如下：

1. 气候：温和

2. 土地

（1）土脉肥沃，宜于农业。

（2）河流错杂，便于交通或灌溉。

（3）幅员辽阔，可以供给多数人口之增殖。

申言之：纬度宜在亚热带或温带之中，地形为一大平原，中有大河流贯其中，足供多数人口之繁殖者是也。试以上列条件按之于东半球首先开化之国家，列表于下，以供参考：

地区	气候	土地
埃及	热带	尼罗河流域平原
美索波达米亚	亚热带	幼发拉底河、底格里斯河流域大平原
印度	亚热带	恒河、印度河流域大平原
中国	温带	黄河流域大平原

中国文化发源地为黄河流域，因其时代之先后，可分为

三处：

1. 黄河下流流域，即淮水北岸之颍水、肥水、汶水、沂水等河流域，伏羲、神农以前之汉族分布地。

2. 黄河中流流域，即河南之汴水、洛水，河北之沁水，河东之汾水等河流域，黄帝、少昊、颛顼、帝喾、唐、虞、夏、商时代之汉族分布地。

3. 黄河上流流域，即陕西之泾水、渭水流域，周代汉族分布地。

陕西所以能发生文化之原因如下：

1. 渭水流域之气候，寒暖适中。

2. 渭水流域皆黄土层，土脉肥沃，宜于农业。

3. 渭水流域为一大平原，可以容多数人口之繁殖。

4. 泾水、漆水、沮水、沣水、灞水、浐水等河交流其中，可利用之以灌溉或交通。

（二）陕西在中国文化上之创造品

陕西在中国文化上发明之创造品甚多，兹试简单列举其最著名者于下，以供参考：

1. 著作

《周易》一小部分。《周易》十翼之中，《彖》为文王所作，《象》为周公所作，此儒教书籍中研究哲学者之始。

《尚书》一大部分。《周书》全体，《虞书》及《夏书》之《禹贡》，似亦周初所作，大体系政府公报体裁，然中国最古之史书实始于此,《禹贡》则周初之地方志也。

《诗经》一大部分。《国风》中之《周南》:除去《乔木》篇为湖北人所作,《汝坟》篇为河南人所作外,其余似皆陕西人所作;《召南》:除去《江有汜》篇为湖北人所作外,其余亦大概系陕西人所作。《王风》中当有一小部分,为陕西出身之遗老随周平王东迁洛阳者所作。《豳风》全体,《小雅》全体,《大雅》全体,《周颂》全体,皆陕西人所作。此为中国韵文之始,前此仅有《卿云歌》《康衢谣》等数篇而已。在中国文学史上,占最重要位置。

《周礼》。此为周朝法典,为以后中国历代政府所遵守,其所创之六官制度,至清末年始改革,阉人制度,至清亡后始废止。

《通典》。唐宰相杜佑著,为研究中国文化史者之重要参考书。

鸠摩罗什、玄奘所译之佛教经典。鸠摩罗什,龟兹人,玄奘,陈留人,皆非陕西人也;然主动者一为后秦君主姚兴,一为唐太宗及高宗,帮助者为当时政府,完成此大事业实在长安,此为佛教经典集大成之始,后来之研究佛教哲学者皆祖述之。

此外著述甚多,兹不具述。

2. 制度

郡县制度。秦始皇统一六国后,废分封,设郡县,是为中国政府中央集权之始。

颁田制度，井田之法。孟子仅有此理想，周代迄未能实行。西魏宇文泰当国，摹做周制创行之。有唐初年重加修改，法乃大备，为实行均贫富之良法。

征兵制度。亦宇文泰所创，行于西魏，北周因之，唐初加以修改，法乃大备，为近世欧洲列强所祖述。

此外良法尚多，兹不具述。

3. 建筑

宫阙。秦之阿房宫、甘泉宫、望夷宫，汉之长乐宫、未央宫、建章宫，隋之大兴宫，唐之西内太极宫，东内大明宫、大安宫、华清宫。

苑园。周之灵台、灵沼、灵囿，汉之上林苑、昆明池、博望苑、乐游苑、隋之芙蓉园（古曲江），唐之禁苑、东内苑及凝碧池。

祠宇寺观。周秦以前之三皇祠、成汤庙、文武成康祠、老子祠，汉之五岳庙、高帝庙、武帝庙，晋之草堂寺（鸠摩罗什译经处），隋之大崇仁寺，唐之安庆寺、慈恩寺、兴教寺（二寺皆玄奘译经处）、荐福寺，宋之寇莱公祠、范文正公祠、张子祠、太平兴国观，元之二郎庙、圆通寺。

陵墓。周之文王陵、武王陵、成王陵、康王陵、穆王陵、幽王陵、周公墓，战国时蔺相如墓，秦始皇帝陵、二世皇帝陵，汉高帝长陵、文帝霸陵、武帝茂陵、昭帝平陵、宣帝杜陵、平帝康陵、韩信墓、陈平墓、霍光墓，唐高祖献陵、太宗昭陵、肃宗建陵、代宗文陵、杨贵妃墓、柳公绰墓、李团贞墓，宋寇准墓。

此外尚有最大建筑物一座，即历史上最著名之万里长城，其基址不尽在陕西，其工程亦非尽出于陕西人手，然发纵指示者为秦始皇帝，监工员为蒙恬，此空前绝后之大建筑，实陕西人之心血造成者也。

4. 器具

笔为蒙恬所造，此最有功于中国文化者也。

（三）陕西当代之文化

历史上陕西之文化，诚为光辉灿烂，现在陕西之文化如何？此读者诸君所急切问者也。

著者对于陕西无丰富经验，兹试就著者到陕以后十余日之中，目所见、耳所闻及心所感触者，略举于下，以代参考：

1. 实业

2. 教育

3. 市政

4. 交通机关

5. 宗教

6. 风俗

7. 古迹及古物

以上各项，俱见于《陕西旅行记》中，兹从略。

（四）陕西文化退步之原因

陕西文化退步之原因，以著者个人推测所及，略述之于下：

1. 森林斩伐之结果

中国无林学知识，对于森林，有斩伐，无培植。自周秦以来，陕西久已开化，人口繁殖，建筑及燃料所需之木材甚多，保护林绝无，森林斩伐遂尽。因而水准面低下，水源地涸竭，泉水河变为雨水河，夏秋泛滥，流入河南河北境内（陕西地势高，水流急，故不为本省之害），为农田之害，冬春涸竭，不能利用之以灌溉或交通。陕西距海远，黄海及渤海之水蒸气，非有大东风，不能飞至陕西；偶尔有大东风，又往往通过陕西，飞入甘肃境内；故非大热之后，有大东风，随转西风，不能降雨。非水蒸气腾至最高处，不能越过太行、外方二山脉，则雨将落于直隶、山西、河南境内；偶尔腾至过高处，又将变为冰雹；故陕西盼雨甚难，地方不耐旱，历史上所载大饥人相食之事，陕西甚多。

2. 人民苟安之结果

中国为内乱频繁之国，陕西又为外族侵入者必争之区，北有蒙古民族，西北有突厥民族，西南有藏民族，屡相侵扰，历史上无百年不战之事。故官吏存五日京兆之心，人民有得过且过之想，不肯积极地研究或整理。

3. 中国首都迁移之结果

陕西交通不便，输入输出甚难。汉唐建都长安，以国家全力经营之，仅得维持局面。自隋开运河，而中国之中心点移于开封，女真、蒙古、满洲侵入中原，而中国之中心点移于北京；陕西僻处西方，非全国精华荟萃之区，历代君主及政府不肯积极地用全力维持，故旧有之物质的文化逐渐退步。

陕西在中国政治史上所占之位置

（一）帝王发祥地之简单条件：中国境内之帝王发祥地

陕西为中国帝王发祥地之一，帝王发祥地之简单条件，大略如下：

1. 民族：性情剽悍，富于团结力，富于服从性。

2. 地势：为大平原，中央有河，便于交通，四围有山，便于扼守。

3. 气候：寒暑不甚烈。热带之人懒惰，寒带之人委琐，不能出伟大人物。

中国境内之帝王发祥地如下：

1. 渭水流域：周、秦及北周。

2. 淮水流域：汉、刘宋、明。

3. 汉水流域：东汉。

4. 汾水流域：唐、后唐、后晋、后汉。

5. 黄河套：南匈奴、前赵、夏、西夏。

6. 锡拉木伦、老哈木伦流域：东胡、鲜卑、契丹。

7. 牡丹江、松花江流域：渤海、女真。

8. 鸭绿江流域：箕氏朝鲜、卫氏朝鲜、高句丽、满洲。

9. 斡难河、克鲁伦河流域：蒙古。

10. 图拉河、鄂尔浑河流域：匈奴。

渭水流域所以能为帝王发祥地之原因如下：

1. 陕西民风强悍，富于团结力及服从性。请观春秋战国时代之《秦风》。

2. 渭水流域，为中国本部一大平原，中央有泾、渭、漆、沮等水，便于灌溉及交通。

东有崤山，南有秦岭及巴山，西有嶓冢山、陇山及六盘山，北有阴山及贺兰山，便于扼守。

（二）中国历代政治史上之陕西

陕西在中国政治史上之位置，兹分代述之于下：

1. 周室勃兴时代之陕西

唐虞夏商时代：陕西在政治史上，无甚重要关系。然太古时代，我先民由帕米尔高原东下时，实先到陕西，且经由陕西，始到河南、河北也，周室勃兴，凭借陕西为根据地，东向以灭商，是为陕西汉族征服中国全国之始。当时周之与国，为庸、蜀、羌、髳、微、卢、彭、濮八国，皆西方民族；周之敌国，为奄与淮夷、徐戎等五十余国，皆东方民族也。周室旧根据地，本在关中道西北部泾水南岸之彬县，后来因避免蒙古民族獯鬻人之骚扰，迁到关中道西部渭水北岸之岐山县。周之先人古公亶父、周公季历、西伯昌，皆英主，先取汉中，徇汉水江水流域，皆下之，昌之子武王发，遂因人心以之厌乱，灭商而有天下，迁都于咸阳——文王都丰，武王都镐，成王以后都宗周，皆在咸阳境内。是时陕西北部，已有蒙古民族之猃狁（即獯鬻）杂居，西部已有藏民族之犬戎杂居，时常侵扰周室。至西周晚年，幽王在位无道，犬戎遂攻破宗周，杀王于骊山下，西周亡，凡传十二世，三百五十一年，是为汉族君主为异族戕害之始。

2. 秦室勃兴时代之陕西：崤函对陕西之关系，汉中在陕西之价值

当时西方有一小侯国曰秦。秦之根据地，原在甘肃渭川道天水县，后移陕西关中道宝鸡县。周幽王既被杀，其子平王即位，弃陕西，东迁洛阳。临行时，以西周畿内之地封秦襄公，命图恢复。襄公及其子文公皆英主，与犬戎相持二十年，遂破戎军，恢复西周旧地；从此以后，秦累世多英主，在陕甘境内扩张势力，蚕食戎人部落，传到第九代之君主穆公，遂兼并西戎二十国，创立大国，号称五霸之二，于是秦之根据地渐巩固，遂东下争霸于中原。

秦之势力范围直抵潼关，潼关以西，为陕西之渭水流域平原，以东为河南之崤山山脉北麓。自潼关东下，经阌乡县、灵宝县，凡一百八十里，而至陕县；阌乡之东，灵宝之西，有谷

道数十里，两旁峭壁插天，中有一路可通行人，是为函谷关，由陕县东下，经过张茅镇、峡石驿，凡一百二十里，而至观音堂；中间亦有谷道数十里，其险峻与函谷关等，古所谓崤函之险者是也。春秋时代，此地属晋，秦人东下，屡在此地为晋所败，卒不能达到窥河南目的。战国时代，三家分晋，此地属魏。秦第二十六代君主惠文王在位，使张仪将兵伐魏，取黄河北岸之蒲阳（今山西河东道蒲县），事在周显王四十一年（西历纪元前三二八年）。越四年，周显王四十五年（西历纪元前三二四年），由山西南渡河，取陕。守函谷关之魏兵，从路断绝，不攻自破，于是崤函之险入于秦。秦人出兵函谷关，东窥洛阳平原，包东周于势力范围内，在河南开封道新郑县建都之韩、在开封县建都之魏皆自危。韩在魏西，先被秦祸，乃悉国内重兵西守宜阳（今县名，在洛阳西南）扼秦人东下之路。周赧王八年，秦左丞相甘茂，悉国内重兵攻宜阳，围困一年，拔之，于是韩人西门之锁钥破；韩人乃以重兵守洛阳城南之伊阙山脉，魏亦顾念大局，发兵助守，周赧王二十三年，秦左更白起，大破韩魏联军于伊阙，斩首二十四万，拔五城，于是第二层要塞又破。秦人势力包洛阳平原东下，直抵虎牢关，韩魏西境无险可守，大局遂不可为矣。

秦人既得志于东，遂分兵南越秦岭山脉，经略汉水流域。周赧王三年（西历纪元前三一三年），秦庶长章大破楚师于丹阳（丹水之阳，在今汉中道商南县境内）。虏其大将屈匄，乘胜发兵南下，取汉中，于是汉水上游之地入于秦。周慎靓王五年，四川东部建国之巴、西部建国之蜀相攻，俱告急于秦；秦惠文王从司马错计，起兵伐蜀，灭之，于是扬子江上游亦入于秦，秦人尽据江汉上流，呈高屋建瓴之势，东向以临楚，楚之西境无险可守，大势遂不能支。至秦第三十一代君主始皇帝在位之时，遂尽灭关东六国，统一中国，是为第二次凭借陕西建立之帝国。可惜始皇帝对内对外政策，全用高压手段执行，引起人民恶感；二世皇帝昏庸暴虐，为宦官赵高所弑。故秦统一列国后，仅传三世，十五年而亡，遂变为楚汉竞争之天下。计秦室统一中国之原因如下：

（1）秦居关中，据上游，扼地势之要害。

（2）秦居西北，与戎狄为邻，生存竞争之结果，民风尚武，民气胜于六国。

（3）秦历代多英主，能招贤才而登庸之，不拘资格，不论亲故，故能吸收六国之人才使为己用。

（4）秦之对外政策，有一定之方针，历代皆循此预定之方针进行，不轻易变更，与六国之朝秦暮楚、无一定之目的、动辄受人愚弄者异。

根据以上第一条，知陕西地势之形胜，第二条，知陕西民风之尚武，第四条，知陕西士气之沉着。凡此皆与陕西地理有密切关系者也。

3. 楚汉战争时代之陕西

始皇崩后，中原大乱，六国遗民群起叛秦。当时淮水流域有二大英雄，一名刘邦，一名项籍，率领楚国遗民灭秦，项籍兵强，自为盟主，任意瓜分天下，分封诸侯，自立为西楚霸王，王淮水流域九郡，都彭城（今江苏徐海道铜山县），而立刘邦为汉王，王巴蜀汉中，都南郑（今陕西汉中道南郑县），三分秦岭山脉以北之故地，王秦三降将，以塞汉王北上之路。汉王以韩信为大将，征服三秦。留丞相萧何守陕西，自引大兵东下，略定河南河北，与项籍相持于荥阳、成皋间，今河南开封道荥阳县泛水县一带。苦战五年，卒灭项籍，统一中国，是为第三次凭借陕西建立之帝国。计楚汉兴亡之原因如下：

（1）汉高帝出身微贱，久经患难，备尝艰苦，通达世事人情，有笼络人才手段、驾驭群雄能力，项籍出身贵族，年少，性暴，不知世故，无知人之能力，无将将之手腕，仅有一范增而不能用，故卒无成功。

（2）汉之根据地在陕西，据山河形胜，东向以临天下，其势易。楚之根据地在江北，据淮水下流，西向以争天下，其势难。

（3）汉高帝困守荥阳、成皋间数年，而其大将韩信所将之偏师，已略定山西、河北、山东，收各处兵马，由北、东、南三面来击楚。项籍攻围荥阳、成皋数年，而其淮北根据地，数为汉将彭越袭击，猛将劲卒多战没，诸将多怨叛，籍数回救根本，疲于奔命。

（4）汉兵困守荥阳、成皋，取敖食粟以给军，故粮足而军气壮。楚之积聚数被彭越焚掠，故粮乏而士苦饥。

（5）项籍杀义帝，天下所共愤。汉高帝号召诸侯，为义帝讨项籍，群情之所归。

（6）汉高帝宽厚，民心趋向。项籍骄暴，民心厌恶。

根据以上第二条，可以知陕西地势之形胜。

4. 匈奴侵入时代之陕西：绥远对陕西之关系

自汉高帝统一中国后，传十三世，二百一十年，而为王莽所灭；王莽篡位后，经过十六年，而为光武帝所灭；陕西长安为中国首都凡二百二十六年，中间虽屡有变乱，然大体总算小康，渭水流域为中国政治及文化上之中心点，声名文物，卓然可观。可是蒙古民族时常来骚扰，匈奴为獯鬻猃狁之后，其根据地在蒙古中部，其势力范围伸张到绥远及甘肃北部（宁夏甘凉安肃三道）。陕西关中道之南有秦岭山脉，汉中道之南有巴山山脉，其形势极为险要，界划极为分明。榆林道之北为河套平原，黄河经流其间，灌溉区域颇广，土脉肥沃，宜于农业及牧畜；其北为阴山山脉，西为贺兰山山脉，有险要可以扼守，宜于殖民或屯田，而河套平原与榆林道中间，仅有横山一矮山脉、无定河一小河流，地势平衍，无险要可防守，故在陕西建都之国家，欲守陕西，不能不守绥远。秦始皇统一中国后，曾遣大将蒙恬，击走匈奴，收复绥远，分为云中（今绥远东部）、九原（今绥远西部）二郡。楚汉战争之际，匈奴乘中国内乱，复据绥远，由西北两方面侵扰陕西，高、惠、文、景四帝在位时代，中国疲于奔命，不得已，用和亲政策羁縻之，匈奴仍时常来侵寇。武帝在位，以卫青、霍去病为大将，击败匈奴兵，元朔二年（西历纪元前一二七年）取绥远，置朔方（今绥远西部及甘肃宁夏道）、新秦中（今绥远中部）郡，元狩二年（西历纪元前一二一年），取甘肃西北部，置武威、张掖（二郡即今甘凉道）、酒泉、敦煌（二郡即今安肃道）四郡，于是陕甘西境有险可守，汉廷始安枕矣。宣帝在位，匈奴内乱，五单于（匈奴君主之称）争立。当时有一名呼韩邪单于者，借重汉室威灵，统一国内，称臣纳贡，身自入朝，娶元帝后宫良家子历史上有名之美人王嫱为阏氏（匈奴皇后之称），是为匈奴君主称臣纳质于中国之始。光武中兴以后，匈奴内乱，中分为二，南匈奴降汉，内徙五原（今绥远五原县），于是匈奴人复杂居绥远，山陕北境无险可守。当时中国武力甚强，朝廷置度辽将军，使匈奴中郎将屯兵于河套以监护南匈奴，因此匈奴不敢蠢动。至三国时代，中国内乱，血战数十年，汉族精疲力竭，匈奴遗族之刘渊乘机作乱之祸从此始矣。

5. 蜀魏对峙时代之陕西：秦岭山脉在战争时之价值

三国时代，汉中道属蜀，关中道以北属魏，双方以秦岭山脉为界。蜀汉丞相诸葛亮屡出兵经略渭水流域，谋恢复中原，未及成功而亮卒；蜀卒为魏所灭，魏旋为晋所篡，晋复灭吴，统一中国；当时陕西为战争之场，在文化上无大发展。然诸葛亮屡次伐魏，未能成功，实以转饷艰难之故；钟会平行入汉中，实因蜀兵欲屯汉寿（今四川嘉陵道昭化县南，在剑阁北），分屯汉城（今汉中道沔县）、乐城（今汉中道城固县南），不守阳平关（故城在今沔县西北）之故，秦岭山脉在战争时之价值概可知矣。

6. 西晋时代之陕西：匈奴鲜卑氐羌之割据

晋室统一中国之后，武帝荒淫，惠帝庸暗，贾后淫虐，弑姑，杀子，剪除异己之大臣，引起八王之乱。宗室诸王自相残杀，前后亘十六年，黄河流域民不堪命。匈奴遗族刘渊乘机内犯，攻据山西平阳，自称汉帝。其子聪在位，攻破洛阳，弑晋怀帝，复攻破长安，弑晋愍帝。其侄曜迁都长安，改国号赵，是为前赵，于是陕西中部北部皆为匈奴人所有。刘曜旋为其部将石勒所灭，于是陕西入于后赵。石氏衰亡以后，氐人符健据陕西，国号秦，是为前秦。其侄坚统一黄河流域，于是长安复为中国北部首都。前秦衰亡之后，陕西入于姚苌之手，国号秦，是为后秦。东晋末年，宋武帝刘裕为晋大将，率师灭后秦，恢复陕西，班师以后，旋为刘渊遗族赫连勃勃所陷，国号夏，于是陕西复入于匈奴人之手。夏旋为拓跋魏所灭，陕西入于通古斯蒙古混血族鲜卑人之手，黄河流域复归一统，陕西内地复得小休矣。

7. 南北朝时期之汉中

自刘渊叛晋以来，陕西中部北部为匈奴氐羌鲜卑人竞争之场，文化当然退步。刘渊、赫连勃勃、拓跋魏之根据地，皆在绥远一带，故侵入陕西甚易；而汉中道僻处秦岭以南，始终附属于扬子江流域建国之国家（初为巴氐李氏所陷，后为东晋所恢复），未入于北方民族之手。自此以后，经过南北朝时期，前后二百年间（东晋初年至梁初年），汉中道大抵在南朝之手；梁武帝天监四年（西历纪元五〇五年），后魏乘齐梁更迭之际，南朝内乱，取汉中；梁元帝承圣二年（西历纪元五五三年），西魏复乘梁室内乱，取成都；于是扬子江汉水上流流域皆入于北朝，南朝亡国、北朝混一之机伏于是矣。

8. 隋唐时代之陕西：陕西与甘肃之关系

后魏分裂以后，西魏以长安为首都，宇文氏据此为根据地，东灭北齐；隋室篡周，复灭陈，于是长安复为中国首都者三百七十九年（西魏二十五年、北周二十五年、隋三十九年、唐二百九十年）。隋亡，唐兴，仍都长安，扼阴山山脉，筑三受降城，置振武军于绥远、天德军于五原、朔方节度使于宁夏，以守绥远，置河西节度使于武威、陇右节度使于西宁，以守甘肃，于是西北两面守备皆固，陕西不被兵者百余年。安史之乱，封常清败于虎牢，弃崤山之险，奔陕州；高仙芝复弃函谷关之险，自陕州退保潼关；禄山前锋平行至潼关，朝廷复不听哥舒翰坚守潼关之策，而督促其出战；遂败于灵宝，潼关陷落，玄宗弃长安，出奔成都。肃宗收兵灵武（今宁夏），以朔方节度使郭子仪为大将，调河西陇右兵东讨贼，虽战胜攻取，陆续恢复两京，而河陇空虚，当时在青海西藏境内西藏民族所建立之帝国吐蕃乘衅东侵，尽取甘肃兰山、渭川、西宁、甘凉、安肃等道，扼陇口及六盘山脉，东窥渭水流域平原，陕西西部无险可守，处处被兵，唐室疲于奔命。宣宗在位，吐蕃内乱，国势大衰，河陇境内汉族人民及吐蕃守将，相继据地来降，甘肃复为唐室所有；唐置归义军于敦煌、天雄军于天水，以守甘肃；然张掖为突厥民族之回纥所据，余州亦多为羌胡所据，事实上甘肃已成外国人之殖民地，陕西西境北境为外人杂居地，从此以后，陕西文化遂逐渐退步矣。

9. 宋夏对峙时代之陕西：党项之侵入

先是有唐初年，征服青海，青海东南有部落名党项，系西藏民族所建，其酋长拓跋赤辞以其众来归，诏以其部落为西戎州，授赤辞都督。其后吐蕃强盛，拓跋氏渐为所逼，遂请内徙，诏移其部落于庆州（今甘肃泾原道庆阳县），其后裔析居夏州（今榆林道横山县），号平夏部。唐末，其苗裔拓跋思恭为夏州刺史，助河东节度使郑从谠讨大盗黄巢，有战功，授定难军节度使，统夏、绥（今榆林道绥德县）、银（今榆林道米脂县）、宥（初治在今鄂尔多斯右翼前旗，后移治陕西靖边县）、静（今榆林道靖边县）五州，赐姓李，于是榆林道北部入于党项人之手。传九世，五十年（西历纪元八八三至九三二)，经过后五代之乱，始终保持其土地未失。宋太宗太平兴国七年（西历纪元九三二年），中国内部已统一，其嗣位之节度使继捧以其地来归，其族弟继迁不从，袭据银州以叛。继迁阴狡，颇能抚御其人民，外结契丹为援，与宋相持，宋朝当国者多书生，处置失宜，遂令继迁坐大。传子德明，孙元昊，屡败宋兵，尽取绥远全境及陕西榆林，甘肃宁夏、甘凉、安肃等道，南阻河，北依贺兰山、阴山为固，定都宁夏，自称大夏皇帝，于是陕西北部出一敌国。宋人分陕甘南部为六路（熙河、秦凤泾原、环庆、鄜延、永兴军路），置经略使以御之，终北宋一代无制胜之策，仅恃议和以款之而已。

10. 宋金对峙时代之陕西：陕西三道之分裂

女真勃起于吉林，灭北宋，尽取黄河流域，划秦岭山脉与南宋分界，于是陕西全境分隶三国，南部属宋，中部属金，北部属夏。金将兀术、撒离喝，屡欲突过秦岭山脉，占领汉中，为宋将吴玠、吴璘所扼而止，秦岭山脉在战争时之价值可知矣。

11. 元代之陕西：陕西三道之合并

蒙古勃兴，先灭夏，次灭金，又灭宋，于是陕西全境统一于元。元置行中书省，行御史台于陕西，管理并监督行政。元之地方行政机关，仅有行中书省十二，监政机关，仅有行御史台二，而陕西各有其一，其重视陕西可知矣。

12. 明代之陕西：蒙古之侵入

有明勃兴，驱逐蒙古于漠北，置陕西布政使司为行政机关，按察使司为司法机关，都指挥使司为军政机关，在甘肃东北部置宁夏镇，绥远东部置东胜卫（今东胜县），山西西北部置偏头关（今雁门道偏关县），屯重兵以守之，于是陕西北部藩篱渐固。中叶以后，军政废弛，英宗天顺六年（西历纪元一四六二年），蒙古后裔鞑靼酋长毛里孩入据河套，自是鞑靼反居内，而明兵反屯外，陕西北境无险可守，处处被兵，朝廷御寇不暇。宪宗成化九年（西历纪元一四七三年），总督延绥军务王越袭破鞑靼于红盐池（在今榆林道西北、宁夏道东北、黄河套内），鞑靼酋长满都鲁等弃河套北归，陕西稍得安枕。世宗嘉靖年间，鞑靼酋长吉囊、俺达复入据河套，骚扰陕西数年；吉囊卒后，俺达年岁亦高，又崇拜佛教，禁止杀生，始就抚，封顺义王，名所居城曰归化城，由是西陲无警。

13. 清代之陕西

有清勃兴，蒙古诸部落先后就抚，朝廷分河套蒙古为鄂尔多斯、乌喇特等旗，置绥远将军监理其行政，又于甘肃东北，置宁夏将军以镇抚之，用喇嘛教以融化蒙民，渐改其杀伐之性，陕西北境，在有清时代，所以不被蒙古侵略者，实融合之力也。

14. 当代之陕西：回教徒之杂居

自西周以来，陕西北部有蒙古族之猃狁獯鬻杂居，西部有藏族之犬戎杂居，为汉蒙藏三族文化上接触之中心点及武力上冲突之中心点，卒酿成骊山之祸。汉兴，陕西北部有匈奴杂居，西部有氐羌杂居。唐兴，陕西北部有党项杂居，西部有吐蕃杂居，酿成西夏之祸。然以上各国，无论其为蒙古族，或藏族，无论其为大国，或小国，无论其为征服者，或被征服者，久之皆同化于汉族则一也。独回教徒一派，安史之乱，援唐有功，一部分留居中国，武宗时代，回纥衰乱，前后自拔来归者十余万人，诏分隶于各道，而留居关中者最多。自此以后，休养生息于中国，食毛践土千有余年，虽言语风俗多同化于汉族，而保守其宗教仪式，卒不肯完全同化于汉族。

结论

综合以上所述，约得概念如下。

（一）陕西东方以崤函为第一重门户。崤函失守则潼关危（唐玄宗时代安史之乱），崤函为敌国所有，则咽喉梗塞，不能出潼关一步（春秋时代百里孟明视之败），故凭借陕西立国之国家，欲经略东方，不得不先取崤函，欲保守潼关，不得不兼守崤函。

（二）陕西南方以秦岭山脉为第一重要塞，以巴山山脉为第二重要塞，以汉水为交通机关，保有陕西之国家，能扼守秦岭，则关中不至失守（三国时代蜀魏交争之际），能略取汉中，则可以经略东南（战国时代秦之对楚、南北朝时期魏之对梁），能突过巴山，则可以占领四川，由扬子江顺流东下以取湖北（战国时代秦对楚、三国时代晋对吴、南北朝时期隋对陈、唐初李靖对梁萧铣）。

（三）陕西西方以陇山脉、六盘山脉为城壁，狄道县、静宁县、固原县为门户，故建国于陕西之国家，能扼守狄道、静宁、固原诸孔路，则国可以存，并可向西方发展（光武帝对隗嚣）；否则陕西西境无险可守，到处苦兵（唐中叶以后对吐蕃）。

（四）陕西北方与绥远联接为一大平原，中间无险可守，绥远为外人所有，则陕西北境到处被兵（周初之对猃狁、汉初之对匈奴、北宋之对西夏、明中叶以后之对鞑靼）。绥远为陕西所有，则可以北扼阴山，西北控贺兰山，以拒外国（秦始皇之云中九原郡、汉武帝之朔方新秦中郡、有唐之朔方一镇、天德振武二军、三受降城）。故建国于陕西之国家，欲保陕西，不能不守绥远。

（五）陕西对东南方，常居主动地位，常占优胜地位，故凭借陕西立国之国家，常能并吞东南，创立一统之大帝国（三代时周对商、战国时秦对六国、楚汉战争时汉对西楚、五胡十六国时代前秦对前燕、南北朝时期北周对北齐、隋对陈）。

（六）陕西对西北方，常居被动地位，常占劣败地位，故凭借陕西立国之国家，能保有甘肃绥远，则国可以存，能兼有新疆，则国可以强（汉唐全盛之际），否则日受外人骚扰，将无宁宇（周初之对猃狁、汉初之对匈奴、有唐中叶以后之对吐蕃、北宋之对西夏、明之对鞑靼等皆是）。

现在陕西在中国之位置

自欧美文化输入以来，东南沿江沿海各省，变为中国文化之中心点；陕西僻处内地，与外国文化不直接接触，就当代文化史观之，陕西似无足重轻也，然陕西为中国固有文化之发源地，又为西北方面重镇，保守固有文化，而发挥光大之，输出外来之文化于绥远、甘肃、新疆各省区，以开辟西北草昧，此陕西士大夫应尽之义务也。就政治方面观察：当今中国交通机关，为京汉、津浦、陇海铁路及扬子江船路之四大干线，郑州、徐州、武汉、江宁四处实扼其咽喉，郑州、武汉雄踞上游，尤为用兵者必争之地。此二处地处平原，宜进取不宜退守，可战胜不可战败，故欲守郑州，宜置根据地于洛阳，欲守武汉，宜置根据地于襄阳，此二处四围有山，可以扼守，中央有平原，可以发展，洛阳由陇海铁路可以直通郑州，襄阳由汉水船路可以直达汉口，一有警急，援兵朝发夕至，实为理想上之中原用武地。然襄阳之交通机关，远不如洛阳之迅速，故洛阳实当今经略中原者必争之地。陕西僻处内地，与洛阳虽比邻，而交通机关迟钝，非用武之地；然苟欲自守，则崤函一闭，敌兵虽众不容易侵入，人民差可安乐，地方差可宁阙，不失为世外之桃源也。唯本地土产，颇不足自给，小麦之收获量，虽供给居民之食料有余，而木材缺乏，石炭缺乏，燃料及建筑材料俱感不足。棉花之收获量虽不少，而纺纱织布之工厂皆无，衣料概仰给于自外输入之布匹，此亦绝大漏卮也。用陕西之所长，补陕西之所短，吸收外来文化，创办内地事业，不求速效，不务虚名，成丹者火候到，有志者事竟成，是所望于今之当局者。

江浙旅行记

凡例

（一）本编所载，皆系目见，无耳闻者；其有咨询朋友加以说明时，则附载其人之姓名，以表示不敢掠美。

（二）江浙为人文渊薮，地大物博，非短时间所能调查。著者个人能力有限，管中窥豹，只见一斑，尤为识者所哂。但自信内容尚比较确实，不敢作捕风捉影之谈；其有见闻未周处，容俟再版时补正；大雅君子有热心指教以匡所不逮者，极表欢迎。

（三）本编凡著者足迹所到之处，皆参考其本地之府、州、县志，说明其地之历史的地理，以供读者诸公参考。

（四）编中间或登载关系各地之古诗以增兴趣，以博读者诸公一粲。

（五）诗题下为引用之诗集名及卷数页数之略字，如"中，十二，九"为《唐诗中晚叩弹集卷》十二第九页之略字，"随，十，十二"为《随园诗话》卷十第十二页之略字，"中续，下，六"为《唐诗中晚叩弹集续集》下第六页之略字，"白补上，八"为《白香山诗集补遗》上卷第八页之略字，"白集五，二九"为《白香山诗集》卷五第二十九页之略字，"两，一，三"为《两般秋雨庵》卷一第三页之略字之类是也。

（六）此次旅行，有老友傅佩青作伴，一路多蒙指教，附志于此，以表谢忱。

途中之观察

民国十四年七月，余受国立东南大学、中华职业教育社、中华图书馆协会、江苏省教育会合组暑期学校之聘，充讲师，担任北三民族活动史，赴南京。此校在北京邀请之讲师，为北大教授袁同礼（守和），师大教授、前西北大学校长傅铜（佩青），法权讨论会秘书卢锡荣（晋候），及余。邀余之信，以十四日抵北京，由东南大学教授赵叔愚，持往敝寓劝驾。适值师大举行新生入学试验，余忙于监场、阅卷，未能即刻成行。卢君先赴江宁，傅君转赴开封，袁君辞谢，余乃乘师大教授陈裕光（景唐）暑假回家省亲之便，约定与之结伴同行。陈君家在南京，在北京师大已满三年，每年归省二三次，路上情形极熟悉。与之结伴，途中既免寂寞，又得照应，深为可喜。

二十二日午前五点，起床。七点，由北京西城察院胡同十五号敝寓，乘人力车赴东车站。八点，偕景唐同乘津浦直达快车之二等车，票价三十七元七角五分，外加床铺票二元，附加捐二角，共合三十九元九角五分。车尚齐整，床亦宽绰，唯车上茶房太懒，不大十分整理，茶几、地板颇不洁，是一憾事。此路由东北陆军总执法处副处长负维持秩序之责，每一列车，乘坐执法官一名；每一辆车，乘坐宪兵二名，把守车之前后门，维持秩序；车上另有保安队若干名，全副武装，防备盗贼，保护旅客。新定章程：每一列车，另挂头二等混合车一辆，三等车二辆，凡校官以上有免票者得坐头等，尉官以上有免票者坐二等，军士有免票者坐三等，无免票而坐者有罚。越等坐者有罚，军人不得坐票车，不得无故入客室，违者有罚，故秩序甚佳。较之去年赴陕时，所经过之京汉、陇海二路上之秩序情形迥不相同，然则张雨亭、吴子玉之军政、军令，固可从侧面观察也。嗟呼！废兴之事，虽曰天命，岂非人事哉！

　　九点十分，开车。十二点四十分，至天津。午后四点十五分，至沧州。铁路两旁禾稼颇为茂盛。天气半晴半阴，微雨时作，甚凉爽。五点十分，至泊头。疾雨骤至，紧闭车窗。幸车上有电灯电扇，颇不苦黑暗郁闷。六点五十分，至德州。已入山东界。雨少缓，空气甚清，酣睡达晓。

　　二十三日上午六点四十五分，始起床，至徐州。已入江苏界。路旁始见矮土山。禾稼多玉蜀黍、高粱、豆类，无稻田。劳动者皆男子，犹是直隶山东气象。唯农家房屋皆起脊，以土为墙，以草作顶，其顶颇似日本、朝鲜，而壁不类——是日本以木板为壁，朝鲜以草为壁，外涂以泥——其壁颇似直隶，而顶不类——直隶农家房屋虽亦用草顶，但绝不起脊——是为淮水流域特色，非复河北气象矣。八点三十分，至宿州。已入安徽界。始见旱稻田，仍缺水田。场内仍有麦秸垛。农产物仍似北方。

自徐至宿百余里间，铁路两旁之农田多为霖雨浸没，导淮事业未兴，宣泄无路故也。

十点十五分，渡淮，至蚌埠。是为安徽军政长官驻扎所，属凤阳县，有市无城，为皖北商业繁盛地。沿路各站，皆驻奉军，到处张贴镇威上将军告示。水田渐多，始见贮水之塘。农妇多天足，与男子在田间作同样劳动，颇有日本气象。唯农人之衣服，多蓝色土布，犹似中国北方风。

十点十五分，至临淮关，李光弼出镇地也。十一点五十分，至明光。一点十五分，至滁州，欧阳文忠公醉翁亭所在地也。皆在安徽境内。农家房屋，皆与徐州同式，农妇及作行商之妇女皆天足。水田甚多，略带江南风味。唯自徐州至浦口，所见矮山甚多，皆童山，无树木，夏天草长，尚作绿色；冬天草枯，则皆成黄色矣，古所谓"江南江北青山多"者，其信然耶？其传闻非其真耶？抑此一时，彼一时也！

二点三十五分，至浦口。下车，换乘江轮渡江。师大教授汪懋祖（典存）在暑期学校充讲师，先一日得赵君之信，至是来迎，同乘马车入仪凤门。门在南京西北隅，外通下关，中为马路，两旁多树木、农田、苇田、稻田。少数之房屋、水塘参伍错杂于其间，风景甚丽。行十里至鼓楼北二条巷三号，为暑期学校讲师宿舍。典存及他讲师在焉，遂下榻于此。同寓者有交通部汉粤川铁路督办处工程司广东黎度（度公），北京高师民六博物部毕业生、浙江嘉兴第二中学教员兼秀州中学教员桐乡李焕彬（咏章），听差二名，一丁汉卿，一王士超。此房位于鼓楼北偏西，大体在全城中央。而四围农田甚多，禾黍茂密，空气清新。空地中间有西式楼房，点缀错落于其间，颇饶画意。据典存报告，此处洋房，多东南大学及金陵大学教员自筑之住宅，研究学术之余，能得此等风雅修养地，亦可谓幸福也已。

六点，晚餐，系东南大学厨房代备者。每日早晨稀粥，有咸菜；午晚二餐，皆一汤一菜，米饭。每月大洋八元。价值尚不昂，菜亦尚可口，唯米太粗，多稗子。

南京之观察

南京之学校

（一）东南大学

七月二十四日上午，偕典存赴东南大学，晤教育科主任金坛徐则陵（养秋），暑期学校讲师、广东大学文科学长盐城陈钟凡（斠玄），中华书局编辑湖北余家菊（景陶），斠玄系去年暑假赴陕同行之旧侣，景陶曾在师大教育研究科肄业，皆相见甚欢。暑期学校办公室在东大图书馆内。此馆系前江苏督军齐燮元承其封翁孟芳先生之命，捐廉十五万元建筑者，故定名曰孟芳图书馆。馆中书籍，多系名流所捐赠。馆外有商务印书馆、中华书局、南京共和书局临时贩卖所，余购得《金陵杂志》《金陵四十八景全图》《南京居游指南》各一种及《南京省城地图》二种而归，聊供游览参考。

东南大学在鼓楼东，稍偏南。在全城位置约居中央，而稍偏东。本校面积一百九十九亩。农场面积一百亩，附中七十三亩，附小三十三亩。建筑皆新式洋房。院落极宏敞，植物甚多，而缺乏大树。设备甚完整。唯暑假中各室多锁闭，不便参观。农科附设之试验场甚多（共十三处），江苏、湖北、河南、直隶等省皆有。

此外尚有中国科学社一所，亦新式洋房，颇宏大。内中储藏之书籍、标本、仪器甚多。此处系东大教职员所组织，会员遍于各处，而以东大之人为中心。房屋由公家捐赠，书籍、仪器一部分由会内外之人捐赠，一部分由会中购置。标本则除去捐赠及购置以外，会员之采集者甚多。会中常年经费由会费支持，财政上与东大无关系，纯系独立。每年受省政府一部分津贴，而能为学者设研究机关，此则北方各校所急宜取法者也。

（二）金陵女子大学

八月十一日午后，偕佩青、斠玄参观金陵女子大学。

校址在清凉山东麓。有建筑物七座，皆三层楼房。其中四座为教室及图书室，一座为教员宿舍，二座为学生宿舍。皆中国式瓦房顶，洋式门窗，大体颇似北京之协和医院、燕京大学，唯大柱子不用木，皆用洋灰筑成，涂以红色，是其特色。院落甚宏敞，植物甚多，周围皆空地。农产物甚多，风景甚丽。

南京城内多池沼。东南大学校内有一池，金陵女子大学校内有三池，颇不干燥。

南京之古迹名胜

（一）莫愁湖

七月二十四日午后，偕典存赴汉西门内四根杆子访景唐，小坐片时，遂同出水西门，赴莫愁湖一游。

湖在水西门西偏北约里余，地势东西长，南北短，略近长方形。周回约十余里，遍植荷花。面积约十顷上下。湖边杂以苇田，湖堤间植杨柳，风景甚丽。湖之南岸有华严庵，庵内有郁金堂，堂中有龛，前面供养明徐中山武宁王画像，后面供养莫愁画像。相传莫愁为刘宋时代女子，洛阳人，嫁与卢家为妇，生子名阿侯（据梁武帝《河中之水歌》），家住湖水旁。至元时，叶天民始有《莫愁烟艇》诗，明人始有莫愁湖名。明太祖与徐中山王围棋赌墅，太祖输。遂以此地赐徐中山王为别墅，现代湖租犹归徐氏。曾文正公总督两江，于郁金堂西建胜棋楼，曾公龛，后人又于堂西楼东建曾公阁，现在堂内楼下俱有茶馆，游客甚多，余购得莫愁石刻相片，《莫愁湖志》，《莫愁湖楹联便览》各一种，聊作纪念。

河中之水歌

梁武帝

河中之水向东流，洛阳女儿名莫愁。

莫愁十三能织绮，十四采桑南陌头。

十五嫁作卢家妇，十六生儿字阿侯。

卢家兰室桂为梁，中有郁金苏合香。

头上金钗十二行，足下丝履五文章。

珊瑚挂镜烂生光，平头奴子擎履箱。

人生富贵何所望，恨不早嫁东家王。

（二）北极阁及鸡鸣寺

二十六日午后，参观北极阁及鸡鸣寺。

阁在东南大学北之钦天山上，距离甚近，地势最高，可以望远。明时，建天文台于此。民国初元，前清江南提督张勋凭借此处为根据地，与民军相持。其后浙军夺取城东之天保城，勋始弃城遁。现在有陆军一连驻扎，不得入。乃由东麓下，登鸡鸣山，参拜鸡鸣寺。梁武帝三次舍身于同泰寺之故址也。正殿祀观音，西配殿有三：祀关帝、三圣、送子娘娘。山较钦天山低，地势甚小，而寺之东北二面临城墙，眼界极空旷。城墙外为玄武湖。湖心满种荷花，湖边杂植芦苇，风景甚丽。寺北为台城遗址，断垣存焉。晋宋以来之皇城，梁武帝被围饿死之处也。寺东隔城望钟山，明孝陵之所在。清末太平天国之乱，向忠武公屯兵处也。钟山西峰之巅为天保城，登之可以俯瞰全城，形势极为险要。历来为用兵者必争之地。寺旁多高树，蝉声盈耳。寺最后一层之东北隅有二楼，北曰豁蒙楼，东曰景阳楼。二楼向东北面开窗，欢迎山色湖光，空气极爽。寺僧在此设座，留客款茶，茶资随意。本日为开庙会之期，烧香之妇女甚多，茶座俱满。人声嘈杂，语言类江北口音，犹属北京话系统。

台　城

韦　庄

（中，十二，九）

江雨霏霏江草齐，六朝如梦鸟空啼。

无情最是台城柳，依旧烟笼十里堤。

游鸡鸣寺

袁杼（静宜）

（随，十，十二）

苍苍烟雨带斜晖，石塔层峦傍翠微。

无复萧梁宫殿在，台城犹见纸鸢飞。

（三）秦淮河

是日晚六点，典存、养秋及东大附中主任嘉定廖世承（茂如），招饮于贡院街路南晚菘园。

园北临贡院街，南临秦淮河，河水污秽，河身宽不逾四丈。河内花船甚多。据胡小石先生言，约二百条上下。船之构造，约略如北京农事试验场内之游船，不过船顶四面挂许多灯笼，少较华丽耳。船上可以吃酒、弈棋、打牌、唤妓，实一种娱乐机关，亦即销金窟也。此处为板桥故址，历史上、文学上之遗迹甚多，兹不具述。

泊秦淮

杜 牧

（中，六，十）

烟笼寒水月笼沙，夜泊秦淮近酒家。

商女不知亡国恨，隔溪犹唱后庭花。

（四）鼓楼公园

七月二十七日午后，往游鼓楼公园。

园在余寓近旁，距离不到半里。园之中央为钟鼓楼，四围辟成马路，为城内交通之孔道。城内轻便路小火车及长途汽车，俱在园之东北隅通过。园之面积约数十亩，系前督齐燮元所创，为城内添出许多风致。唯多草花，少大树，未免美中不足耳。楼高逾十丈，上层祀关帝，因楼板已朽，不许人登。中层东西宽逾十丈，南北长逾五丈，辟为茶馆，每位茶资小洋一角。楼在城中央，其位置约当北京之前门，可以远眺市街，眼界极为空阔。警署消防队在楼上设一岗位，借作眺望台。凡登楼眺望者，须购登楼远眺券。每张铜圆三枚，不登者不购也。楼下时有八哥（即鸲鹆）回翔，此为北方不常见之鸟。

（五）清凉山及随园故址

七月二十八日午后，游清凉山，参观乌龙潭、清凉寺、扫叶楼、九华寺，归途瞻拜随园故址。

山在城西清凉门内，约当鼓楼西而稍偏南。由汉西门大街，绕行往北，距山南麓约二里许。途中路东有乌龙潭，面积约五六十亩。东西宽，南北短，水不甚清，色带绿，中有宛在亭，架桥通之。南有唐颜鲁公放生池碑。池之南岸有浙江烈士祠。祀民军起义时，浙江战殁之军人。系华洋折中式之新建筑，虽不甚华丽，而颇雅洁。因驻有东北陆军工程队，不得入。潭北为私立建筑大学，建筑大学北有野径，往东约二里，可以达随园旧址。往北为赴清凉山之大路，路旁多尼巷，多竹树，风景甚丽。

山南麓下有清凉寺，为南唐以来古寺。正殿遭洪杨之乱被焚，前殿祀如来、观音、大师，前院多竹、青桐、构、椿、枫树。虽遍地荒芜，而仍不害其风雅。

寺旁有扫叶楼。旧为龚半千半亩园，内有大雄宝殿，供养观音及文殊、普贤菩萨。有扫叶山房，上有楼向西南开窗。眼界空阔，可以品茗，有史可法书"扫叶山房"匾额。

山上有九华寺，为清朝建筑，供玉皇上帝及道教诸神。寺内外植物甚多，有竹及槐、梧桐、青桐、构、杨、柳、椿、桃、杏、枫、紫荆等树。山东隔小仓山，俯瞰金陵女子大学。西南隔城墙，望莫愁湖及城外水田，眼界极空阔。地址比鸡鸣寺大数倍，唯建筑颇老旧。院西偏有楼，可以望远。老僧在此设茶款客，茶资随意。

山东麓下有一拂先生祠，祀宋监上安门郑侠，规模狭小，仅有南房三间为正门，北房三间为正殿。以有人家住，不得入。

归途赴汉西门城上一游。城门共三层，颇荒凉敝旧。遂雇车回干河沿，从此下车西行约里许，瞻拜随园故址。

园为袁子才先生隐居处。洪杨之乱，毁于兵。现在仅余九十六亩空地，上生禾稼及杂树。木牌坊一座，上书随园故址。砖墙一堵，上有白石横额，颜曰"袁随园先生祠堂"。后有草房一间，依墙而建，住有农人一家，看守古迹而已。

（六）雨花台及普德寺

八月二日午前，赴聚宝门外，参观雨花台及普德寺。

聚宝门内为南门大街，商业繁盛，市廛栉比，而湫隘嚣尘特甚。门外为南关大街，商业亦盛，然多小商店，臭气蒸腾。

雨花台在南门外大道东，当南关大街尽处。距门约里许，系一小阜，高不过数十丈，可以俯瞰全城，形势甚胜。相传梁武帝时，云光法师在此说法，有雨花之异，因以为名。其处有石子冈，产五色石子，游人多购作纪念。其上有左忠毅公祠，方正学先生祠。其下北麓，有方正学先生墓。墓作圆形，直径逾二丈，高逾一丈，旁有碑。其最高之小丘上，有新建筑之亭，颜曰方亭。

普德寺在南门外大道西平原上，距门约里余。下雨花台南行，西折即至。面积颇大，大门内前面祀弥勒，后面祀韦陀，两旁祀四天王，正殿祀观音与五百罗汉，后殿祀无量寿佛立像。正殿后殿之像皆铁制，唯罗汉像经兵燹后，有失落者，其新补入者则木制也。罗汉像高不逾二尺，四天王与无量寿佛像高皆逾丈，其余各像皆高五尺以上，颇为壮观。院内外植物甚多，有菩提、柏、榆、槐等树及竹，亦甚雅洁。

（七）秀山公园

是日午后，赴半边街，游秀山公园。

园在城东南隅通济门内半边街，为纪念前督英威上将军李纯（秀山）所造者，故以其字为园名。面积约三四百亩，大略与北京之中央公园相等。内有英威阁，为最大建筑。用绿琉璃瓦作顶，大城砖作墙，中悬李督放大相片。阁下可以品茗，每位大洋七分。有博物馆、通俗图书馆各一，规模甚小。植物有柏、棕、黄杨、梧桐、桃、香槐、槐、柳、榕、杨、桑、榆、丁香、臭椿、菩提、槭、木槿、枸杞、蔷薇、枇杷、花椒、紫荆、藤萝、荷花等，此外尚有喷水及各种小亭，布置亦尚风雅。唯水太少，仅有一大荷池。又树太小，无高树，是一缺点。园之南西二面，为秦淮河上流，若能引园外之水，曲折通过园内，点缀上几座小桥，则更佳矣。

（八）玄武湖

八月三日下午五点，偕师大教授严恩椿（慰萱）往游玄武湖。

湖在南京城东北隅丰润门外，为宋、齐、梁、陈四朝习水战处。周围四十里，成一椭圆形。有五洲，曰长洲、老洲、新洲、麟洲、趾洲。门外有小径穿过湖之西部，可通长洲，由长洲北折，有小径可通老洲，由老洲东折，有小径可通趾洲，唯麟洲孤立于东南，新洲包围于老洲内，四面皆水，无径可通。老洲上多竹、多树，中有湖神祠，系梁昭明太子梁园旧址。祠内有楼，上设茶座，可以品茗，每位小洋一角。院内植物甚多，有竹、桃、冬青、紫荆、杏、枇杷、石榴、槐、椿树等。湖之南面满植荷花，北面生蓼花，水甚浅。各洲边多杂树、芦苇，洲上多草房，为农夫及渔人所居，颇欠清洁。湖田皆官有，在长洲西隅，官设管理处以监督之。中国惯例：官吏只管中饱，不管整理，故湖心、湖边以及各洲边联络之小径，皆为杂草所侵没，到处芜秽不治。湖边有专供游人乘坐之小船，可以穿湖心游行。余等以天色已晚，不暇久游，故未雇。

八月九日午前，复偕佩青游玄武湖。乘小船绕湖一周，复自老洲登岸，步行至趾洲，折回通过老洲、长洲而还。

老洲湖神祠迤东，有王道别业一所，面积四十亩。内植桑树一千七八百株，每年桑业代价收入洋三百余圆。植桃数亩，植竹数百竿，桃子及竹竿代价各数十圆。隐士包锐生携妻子自食其力于此。据云："玄武湖之水，由城东、城北各山水汇集而成。今年春季缺雨，湖之北半部全干，故荷花枯死，蓼花繁盛。五月十二日始落雨，现在深处仅三尺余，浅处不及二尺，野草沤烂，故水色发黑。湖水本与护城河通，水大则淤泥随河水入江，故湖心常深，湖水不涸。近来官府堵塞其下口，在湖中养鱼，故湖中淤泥无处宣泄。城东、城北之山从前多灌木，故土不下落，近来多为东南大学、金陵大学等所垦殖。每下雨则山间之土随雨流下，沉淀于湖中。淤泥有来路，无去路，不二十年，湖全涸矣。"

（九）大钟亭

八月六日上午十一点，往游大钟亭。

亭在鼓楼东，距离不及半里。门首有石额曰"元音再起"，门内有亭，上悬大钟。钟为铜质，高逾一丈，直径逾五尺，厚逾五寸，上刻"洪武二十一年九月吉日铸"，明初物也。正殿祀观音及各种神像，颇凌乱，无足观。亭外皆野田，空气甚爽。亭为原任江宁布政使许振祎所建，将卧钟厂之钟掘起悬于其上，故名大钟亭。此处以钟著名，不以庙著名也。

（十）贡院街及乌衣巷

八月九日晚九点，偕佩青游贡院街及乌衣巷。

贡院街在中正街南，秦淮河北岸，东抵利涉桥，西抵文德桥，长约里余。为茶馆、饭馆、戏园、落子馆、书馆集中之地。文德桥南，西折，左转，即乌衣巷。夕阳已没，野草俱无，朦胧月色之中，仅见寻常百姓家，无复王谢遗迹。

乌衣巷

刘禹锡

朱雀桥边野草花，乌衣巷口夕阳斜。

旧时王谢堂前燕，飞入寻常百姓家。

（十一）鉴园及青溪

八月十二日晚六点，东大教授、北大旧同学秉志、农山邀余与佩青赴鉴园品茗。饭后，乘船赴秦淮河一游。

鉴园在通济门内，棉鞋营路东，前临青溪，眼界极空旷。青溪为秦淮河上流，游船聚集之处。园内有竹、柳、槐、桐、杉等各种植物，面积虽小，而意境颇幽邃。有茶馆，可以品茗，亦可随意吃点心。后门临青溪西岸，由此可以乘船。其南有览园，形势大致与鉴园相似，而略带俗气。青溪及秦淮河，东北起复成桥，西南经过大中桥、利涉桥，至文德桥止，长不过三四里，为游船集中之处。复成桥东为秀山公园。大中桥东南为通济门，为江令宅（陈尚书令江总故宅）遗址。大中桥西、利涉桥东为东、西钓鱼巷，妓院集中处也。利涉桥西为桃叶渡遗迹，为贡院街，茶馆、饭铺、戏园、游戏场集中处也。贡院街西头为夫子庙，庙前临秦淮河，河中泊有画舫，舫身极长大，终年停泊此处，不移动。其上卖茶，故又名茶舫。有校书坐唱京剧、小曲，每日下午开始，至十二时止。茶资每盖碗小洋一角，每二人共一碗。京剧，小曲，每点一出，给缠头资小洋二角，不点者不给。

青溪及秦淮河中，时有小船，载妓女（二名以上至四名）及其帮闲，携带弦子、琵琶、胡琴等乐器游行其间，俟接近游客船时，请其点戏，价目与茶舫同。

青溪江令公宅

罗　隐

（中，十一，十七）

鸾笺象管夜深时，曾赋陈宫第一诗。

宴罢风流人不见，废来踪迹草应知。

莺怜胜事啼空谷，蝶恋余香舞好枝。

还有往年金凳井，牧童樵叟等闲窥。

（十二）燕子矶及沿山十二洞

八月十六日，偕佩青游燕子矶、永济寺及三台洞。

是日午前九点出发，雇妥人力车二辆。以时间计算，每一小时给小洋一角六分。由鼓楼东北行，出神策门，计程约八九里，人力车行四十分钟可到。车道以小石砌成，崎岖特甚。道两旁多农田、竹林、池沼，风景甚丽。门在城东北隅土阜上，出入皆须上下坡，车行甚费力，余等时常下车步行。

十点十分，至卖糕桥。在神策门北偏东三里，为一小市镇。有小茶馆带饭铺，为劳动者聚集之处。余等在此饮茶，略进锅饼充早点。

自此北行稍偏东，道路依旧为小石砌成，甚崎岖。路旁皆农田，有桑树、棉花、烟叶、芝麻、豆、玉蜀黍及稻，池沼中间有荷花、菱角、鸡头。十一点十分，行八里，至观音门。门为江宁外郭门，因幕府山为城。无城墙，门在山口峻坡上，出入皆须上坡。出门下坡，不半里，即观音门镇。属北固乡，为一小市镇，茶馆、饭铺甚多，人家比较甚少。

镇北头路东临扬子江边有燕子矶，矶石突出江上，形若飞燕，故名。矶高十余丈，有石级可登，最高处有乾隆御碑。矶尾插入江中。远眺江南北诸山，陂陵起伏，俯瞰大江，波澜壮阔，诚壮观也。江面至此稍狭，约不过四五里。江心帆船甚多，出没波中，远望轻于一叶。矶上略有树木，为该镇初级小学之造林场，禁止攀折。

自此西行为永济寺，沿幕府山北麓建筑，祀观音、文殊、普贤。复前行数百步为观音寺，祀观音、文殊、普贤，依幕府山坡建筑，北瞰大江，南临高山，眺望极佳。自此西行约里许，为头台洞，祀释迦，有饶舌老妇奉香火。复前行数百步为二台洞，祀吕祖，有道士看庙。二洞宽高皆不逾丈，殊无可观。又西行约半里，至三台洞，有唐吴道子石刻观音像。洞高逾一丈，宽逾二丈，深逾一丈，祀观音。下有泉，水清见底，可饮，名观音泉。洞左横一木板，立于板上，可仰瞻一线天。洞右有悬崖，缘梯而上，为神仙洞。阶道崎岖，历六折始达其巅。上有阁二，祀玉皇及老君。阁上眼界极空旷，江天一色，一望无际，孤帆远来，隐约可辨，有道士二人守庙。再往前行，尚有九洞，总名沿山十二洞，然除去三台洞外，余皆无足观。

自观音门南行十里为上元门，一路左山右江。山麓多杂树，有石榴园、木槿林、皂角林、枫林、竹林。江边多农田，有稻田、苇田、莲田。自山麓至江边，宽不过半里，中间点缀以农家。时或闻鸡犬之声，与蝉声、蟋蟀声、莺声、鹁鸪声相交杂，令人有世外桃源之感。江边之堤，不高不宽，知江水和缓，不似黄河水之奔驰迅速。上元门亦江宁外郭门之一，因山建筑，无城。门外为一小市镇，有茶馆、饭铺。其西为老虎山，甚高峻，上有炮台。

自上元门西行五里，可至下关，路旁人家渐多，渐带俗气。草房甚多，皆下关劳动小工人之住所也。午后三点，至下关。绕江岸一行，岸边停泊轮船甚多，中国所有者反甚少。三点半，在二马路春华楼晚餐。马路大街上房屋颇华丽，小巷内极龌龊。

四点半，入海陵门，就归途。所经城西北隅之野径，多芳草、绿树、竹林、玉蜀黍田，间以池沼，点缀以农家茅屋，风景极丽。

南京城外农家之房分三种：一瓦顶砖墙，二草顶土墙，三草顶草墙。多数无院落，即有亦甚小。大抵倒座与上房相连，倒座中间开大门，妇女多在大门洞操作。实则倒座三间或五间多相连，中间无截断，本来不得谓之门洞也。多数无厢房，即有亦左右各一间，无北方之四合式也。妇女多数跣足不着袜，然貌多端正，衣服多洁净，平均较美于北方人，亦较洁于北方人也。

（十三）明故宫、孝陵、紫霞洞及灵谷寺

十八日午后，偕佩青参观明故宫，参拜明孝陵，参观紫霞洞及灵谷寺。

是日正午十二点二十分，雇妥人力车二辆，以时间计算，每辆每一小时，给价小洋一角，加铜圆四枚。由鼓楼东南行，经过成贤街、珍珠桥、太平桥、三军桥，约三四里许，至明故宫遗址。宫在城东南朝阳门内，筑于明太祖洪武二年，穷极壮丽。光复时，毁于兵。今所存者，唯午朝门及东安门、西安门之门洞（门楼已毁）。宫墙砖瓦，拆毁无遗。紫禁城护城河内尚有荷花，但无砖石；宫城内外皆禾稼，田垄时或有许多残砖败瓦，堆积成墙，作为地界，令人起麦秀黍离之感。午朝门北有五龙桥，尚未全毁。桥北建有古物保存所，搜集历代古物陈列，有明太祖画像二张，徐武宁王画像、方正学画像、御史大夫景清画像各一张，大明宝钞铜版二块。最有趣者为古井口，有十余种，皆以石凿成，口内有深裂纹，为年久摩擦损伤之处。

长安之明秦王府在城东北隅，江宁之明故宫在城东南隅，土人皆名之曰皇宫。前清时，一为西安将军驻防旗营房，一为江宁将军驻防旗营房，光复时，皆为民军所毁。长安故宫遗址化为黄地，江宁故宫遗址化为绿地。国人对于公家物产，善于破坏，不好保存，亦几成为第二天性。自黄帝视之，可目为不肖子孙，自项羽、黄巢、张献忠、李自成等视之，或者竟目为克家子孙、象贤子孙，亦未可知也。

出朝阳门，东行，北折，约三里许，至明孝陵。陵在紫金山南麓，明太祖与马皇后合葬处也。陵前有碑楼，甚伟大，内有大明孝陵神功圣德碑。甬路两旁，列石狮四，石虎四，石驼四，石象四。皆二立像，二卧像，石马二，卧像。疑从前亦有二立像，现在失落也。有华表二，武臣四，文臣四。有石牌楼一。楼已圮，仅余其基址。北上为陵照壁，刻明孝陵石额，下有门道可通行人。再进为大门，门楼已圮，仅余门洞，内有康熙御笔石碑一，上刻"治隆唐宋"四大字。此外尚有御碑数种，刻工精细，字迹明显。再北为飨殿，供太祖画像。殿内有小茶馆，名明陵茶社，可以饮茶，每盖碗小洋六分。再北进为二门。经过甬路，至隧道。隧道上之门楼已圮，仅余门洞。隧道后积土成山，为一大圆丘，面积约数十亩，即太祖埋骨处也。陵墙红色，颇伟大，但破损处不少。陵内外杂树甚多，有松、柏、椿、桐、榆等，地址颇高，可以瞭望城内。

陕西境内周陵（文、武、成、康诸王陵）多作方形或长方陵，明陵（孝陵及昌平县境内之十三陵）皆作圆形。同是一土馒头，而形式古今有异也。

二点二十分，出孝陵。东行，北折，约三里，至紫霞洞。洞在紫金山东南山腰，仅一小庙，祀老子、吕祖、刘基、观音。庙后有泉，可饮。有道士二人奉香火。庙右有古说法洞，祀观音、文殊、普贤，亦矮小，无足观，有僧二人住持。庙前山洼中树木甚多，有松、柏、青桐、青朴等。庙前山麓下有照壁一，用砖刻额，正面曰"六朝胜境"，背面曰"三教同缘"。下有门，为行人出入之路。

出庙下山，西南行，折归朝阳门外之大道，复折而东，循大道，行三里，至孝陵卫。卫系一小市镇。太平天国乱时，向忠武公屯兵处，号称江南大营者也。自此下大道，折而北，行约二里余，至灵谷寺。寺在紫金山东麓，寺前左方有大池曰放生池，水太浅，草太多，无足观。寺门颜曰"普济圣师志公真身道场"，内正面祀志公，旁祀四天王。正殿颜曰大雄宝殿，正面祀释迦，背面祀观音，旁祀十八罗汉。再后为无量殿，自基至顶，皆用砖石筑成，不用梁柱，俗讹为无梁殿。现在上层已圮，唯下层独存。再北上数百步，山麓稍高处，有志公塔院，志公埋骨处也。塔已圮，用殿覆之。寺之北偏为龙王庙，建筑尚新，正殿祀龙王。西跨院为禅堂，东跨院为客厅，可以饮茶，僧人较多，局面较大。庙前东南隅有池，僧人目为八功德水，与记载不符（南京居游指南谓八功德水在说法台后，台在志公塔后，则水当在山坡较高处也）。寺前后左右山田约六七十顷，满种竹树，有松、柏、杉、榆、槐、枫、桐、椿、紫荆等，弥望皆绿，空气极新极爽。

五点，就归途。赴明陵及紫霞洞之路为小路，赴孝陵卫之路为大路，然皆用不等边立体多角形之小石砌成，极崎岖难行，且多系新修者，乃人造崎岖路也。自孝陵卫赴灵谷寺之路为大石路，颇庄严，亦苦颠簸。南京城内外多山，但除去有寺院陵寝者外，皆无树木。俗谓紫金山、玄武湖日进一元宝（紫金山砍山柴，玄武湖取鱼及荷叶、蒲白、芦苇、水草），夫子庙（即贡院街娱乐场所在地也）日出一元宝，则其平日之摧残可知矣。

暑期学校之观察

暑期学校听讲员，多东南大学毕业生或在学生，颇驯谨。在堂上守规则，不大请假，不大旷课，不大迟到，交头接耳谈话之事绝少，随便吐痰拂鼻涕之事绝无，路上遇讲师，循循执弟子礼，此小节也。然而北京学生社会中，已多有不遵守者矣。暑期学校收学费，自备伙食，然而听讲者甚多。余所担任之科目，报名听讲者七十八名，实际听讲者常逾百人以上，盖每堂总有来宾也。以视北京各官费学校学生，随便旷课者，其勤惰为何如也。图书馆及阅书室中人常满，而衣服必整洁，动作必静穆，绝不随便谈笑，暑假时犹如此，则平日可知矣。厨房所用之米极粗粝，粒实小而瘦，无脂肪，乏蛋白质，色带灰，杂以稗子，余素非啖肥甘者，犹格格不能下咽。东大住校之教职员、学生，则每日三餐，安之若素也。暑校课程共四十二种。讲师三十八人。听讲员五六百人。所用之职员，连主任共有四人。校内听差，人数寥寥。一切杂务，多由教职员、学生自己操作。若与北京学校相较，总觉北京方面，职员、听差太多，衙门气太重也。听讲员对于试验之答案，颇不苟且搪塞，大抵多自出心裁一作。文章必通顺，字迹必整齐，全抄讲义者居最少数。暑期学校为课外作业，本来可以不必考，即考亦可以敷衍应酬了事，暑期学校犹如此，则平日可知矣。此间距中央远，与政局无关系，不受任何政党之支配，不主张何种主义，亦不加入政潮之中，对于中央用人行政，向来不过问。其教职员多学者出身，不问教育以外之事，故养成之学风如此。乃近来亦时常受政潮影响，牵入漩涡。即如最近八月十二日夜间，校内突来中央特派之专使，率领许多人员及武装警察，剪断电话，大行搜索。次日凌晨上课时，学校静肃如常，听讲员秩序照旧，不过讲堂门窗略有破碎者，满地皆木片玻璃，听差鞠躬持帚打扫，询以何故，笑而不答。嗣阅《午后上海》报，始知发生事故。剧变之后，犹镇定如此，则其平日之严守秩序可知矣，此则中央直辖各学校所宜效法者也。

南京概观

（一）南京城

南京为江苏省会，本楚之金陵邑。战国时，楚威王以其地有王气，埋金镇之，故名。秦改秣陵县，汉为秣陵、湖熟二县。三国时，吴自京口徙都于此，曰建业。东晋元帝建都于此。宋、齐、梁、陈因之，曰建康。唐改升州。南唐李氏建都于此，曰金陵。宋改江宁府。元为集庆路。明太祖建都于此，改应天府。成祖迁都北平，改应天为南京。清为两江总督治，曰江宁。民国成立，裁撤两江总督，移江苏省长于此。

位于江苏西南部，滨长江右岸，东界句容，南界溧水，西南界安徽之当涂，北及西北界大江，面积六千七百五十五方里。城周七十六里，南北长，东西窄，城之北部颇荒凉。多山，多水，多农田，而住户少，商业无。其东面缺一隅，为城北之玄武湖所占。城之南部为商业繁盛地，督省二署在焉，其东面多一隅。前明之故宫，前清之旗营，谢太傅之谢公墩，王荆公之半山园，古物保存所及秀山公园皆在其区域内。城之中央为钟鼓楼，其西南为美国教会所建之金陵大学，省政府为华侨子弟所建之暨南学校。再西为随园旧址，袁子才隐居处也。再西为袁子才墓、小仓山、清凉山。清凉山南有波罗山，其南麓下有图书馆，为南京最大之图书馆。钟鼓楼之东为北极阁，阁在钦天山上。其东为鸡鸣寺，在鸡鸣山上。再东为台城故址，晋宋以来之皇城也。其南为东南大学。城之四周有门十八。南面有三：一正阳门，俗名洪武门，最偏东。其西为通济门。再西为聚宝门，俗名南门，赴雨花台之通路也。西面有八：一三山门，俗名水西门，赴莫愁湖之通路也，最偏南。稍北为石城门，俗名汉西门。再北为清凉门，未开。再北有草场门二。再北为定淮门，皆未开。再北为海陵门，赴下关南头之通路也。再北为仪凤门，赴下关中部之通路也。北面有四：一小东门，最偏西。二金川门，市街轻便铁路小火车由此门通过。三钟阜门，未开。四神策门，一名得胜门，最偏东。东面有三：一丰润门，最偏北，为通玄武湖之大道，前清两江总督端方新辟者。稍南为太平门。再南为朝阳门，为赴明孝陵之大道。陵在紫金山上，山即钟山也。

中国古都城多荒凉，南京亦不外此例，到处多农田，令人起故宫禾黍之慨。差幸温度较高，湿气较重，植物繁盛，弥望皆绿。较之长安到处多黄土，彰德、大名、顺德、正定等到处多瓦砾者，情形固此善于彼也。

北京城内外皆平原，除去景山、琼岛以外，几不见有高阜。南京城内外多小山，虽虎踞龙盘，形容未免过当，然多山、多水、多丘陵与池沼，富于诗情画意，风景固远胜北京。多寺，多亭，多台，多阁，多宫殿，富于古迹名胜，历史地理上之价值，亦不让北京。只是屡经兵乱，城内外大树皆毁，青山变作黄山，未免增人惆怅耳！

狮子山位于城西北隅，在仪凤门东北，小东门西北。平地突起一丘陵，极为形胜。倘为敌人所据，则可以俯瞰城中；故创建此城时，将西北隅一段延长，包括狮子山于城内。

西塞山怀古

刘禹锡

王濬楼船下益州，金陵王气黯然收。

千寻铁锁沉江底，一片降幡出石头。

人世几回伤往事，山形依旧枕寒流。

从今四海为家日，故垒萧萧芦获秋。

金陵怀古

许 浑

（中，六，二二）

玉树歌残王气终，景阳兵合戍楼空。

松楸远近千官冢，禾黍高低六代宫。

石燕拂云晴亦雨，江豚吹浪夜还风。

英雄一去豪华尽，唯有青山似洛中。

金陵夜泊

罗 隐

（中，十一，十六）

冷烟轻霭傍衰丛，此夕秦淮驻断蓬。

栖雁远惊酤酒火，乱鸦高避落帆风。

地销王气波声急，山带秋阴树影空。

六代精灵人不见，思量应在月明中。

春归次金陵

吴 融

（中，十二，十二）

春阴漠漠覆江城，南国归桡趁晚程。

水上驿流初过雨，树笼堤处不离莺。

迹疏冠盖兼无梦，地近乡园自有情。

便被东风动离思，杨花千里雪中行。

金陵怀古

吴　融

（中，十二，十八）

玉树声沉战舰收，万家冠盖入中州。

只应江令偏惆怅，头白归来是客游。

金陵杂题

沈　彬

（中续，下，六）

暮潮声落草光沉，贾客来帆宿岸阴。

一笛月明何处酒，满城秋色几家砧。

时清曾恶桓温盛，山翠尝牵谢傅心。

今日到来何物在，碧烟和雨锁寒林。

（二）南京之建筑

南京之房屋分三种：一新式洋房。用砖瓦与洋灰砌成，新建筑之衙署、学校、商店及住宅等属之。二旧式瓦房。用砖作墙，瓦作顶。旧式之衙署、学校、商店、住宅多属此类。但其中不甚讲究者，四壁皆用陡砖（一卧一立式者），中实以甓。三草房。以茅作顶，高粱秸作墙，内支以木，外涂以泥，多数劳动者及农民之房属之。以上第一种为欧风，第二种为中国风，第三种颇似朝鲜风。但朝鲜屋内铺以石板，下通烟火，上可睡卧，颇似中国北方之火炕。南京则下为土地，支木板作榻以安眠，情形稍为不同耳。农民之房错落于农田间，多数无院落；间有用枫树、小杉树或他种植物编作篱笆者，颇似日本之生篱，异常风雅。居移气，养移体，无惑乎南京卖菜佣奴，俱有六朝烟水气也！

南京房屋之四壁，有用碎砖干摆者，里面以土或和灰涂壁，外面不涂，通风太甚，若在北京则苦寒矣。

南京瓦房顶之瓦，皆干摆，不抹灰。瓦房脊用干摆之瓦堆成，其下垫砖一层，上不用砖。

南京旧建筑之木材多杉，然不甚讲究。汉西门城楼，九华寺正殿之柱皆甚细，与伟大之建筑不称。

南京新建筑所用之木材多洋松，大抵皆吉林产。本地多童山，不产木材故也。

南京城内之皇城砖甚大，其形约略如北京城砖，土质极佳，坚固而不生碱，上刻洪武某年某国公府造者极多，重约十余斤至二十余斤不等。唯本地人不知珍重，任意拆毁，砌作台阶或甬路用者甚多，殊可惜耳。

南京之新砖甚薄，略如两片瓦厚，唯土质极佳，不生碱。

金陵大学之建筑：大体用中国格式，瓦房顶起脊，而墙与门窗则用洋式，墙内辟洞作门窗。大致情形，颇似协和医院及燕京大学在京西新建筑之校舍。

南京人家院落小，故夏日夜间，多在街上乘凉。凡大街、小巷两旁，竹床、板床、藤椅、圈椅弥望皆是。老少妇女，彼此了无嫌猜，不相避忌也。南京城内人家墙上，最惹人注意之点有二：一为白灰墙上所书之格言，一为各种色纸所书之反对英日广告。前者为警厅事业，后者为学界工作。

（三）南京之道路

南京之道路分三种：一新式马路。用碎石与沙土铺成，可行汽车、马车及人力车，但养路费为经手人所中饱，年久失修，车行殊苦颠簸。二旧式石路。用方约数寸至一尺不等边立体多角形之小石砌成，高低凹凸不平，人行殊觉崎岖，车行亦苦颠簸。三旧式未修之土路。多坑坎，遇风则扬灰沙，下雨则成泥泞，行人裹足。差幸大路皆已修，交通尚不十分困难。

南京城内之野径，多数以小石砌成，土路较少。往往前面为小阜、丛林或禾稼所遮，疑为路途已尽，及转过一弯，又复豁然开朗，有"山重水复疑无路，柳暗花明又一村"之概。

（四）南京之交通机关

南京之交通器具分七种：一小火车。由下关进金川门，直达中正街，延长约二十里，贯穿各街市，行远路者利用之。二长途汽车。由下关穿市街直达门帘桥，延长亦约二十里，每十五分钟开一辆，行人按站购票。三马车。四人力车。二种各大街多有，但数目较北京少。人力车靠背作方形，靠背及铺垫太薄，坐久常腰痛尻痛。以上四种皆新式者。五驴。数目甚少。六手拉车。七大车。用以搬运货物。以上三种系旧式者。轿子及手推车从前甚流行，现在已归天然淘汰之列矣。

（五）南京之饮食

南京城内之西餐，价昂而味劣。西餐馆地方颇宽敞，而顾客甚少，毕竟犹带几分乡下气象，西餐并不流行也。

南京之烧饼、面包，俱含黏性，或谓"南方之麦，多系夜间开花，性情不平和，故不能多食"。其或然欤？

南京之米，粒小而瘦，色含灰，中杂稗子，粗粝不适口。日本人称自外输入之粗米为南京米，果然名不虚传也！

南京之丝瓜约三四尺。茄子细而长，形似黄瓜。常食之菜，茭白、竹笋多，东瓜、洋葱次之。豆角、韭菜皆未见过。据孙洪芬先生言：韭菜、豆角皆有，价钱每斤约四五十文至百余文，价较昂，故厨房不肯用。

南京饮料水，以长江为第一，通济门外之水次之。小茶馆多用井水，味咸而涩。

（六）南京之室内器具

南京桌椅多用生漆，涂以紫色，不怕开水烫，较之北京之洋漆家具，颇为坚牢耐久。

（七）南京之鸣禽

南京常见之鸟有黄莺、鹁鸪，皆北京不见之鸟也。

（八）南京之民风

南京无大工厂、商号，不为资本集中地，故无大富豪。然养蚕、缫丝、织绸缎等小手工业发达，每机一张，可以养八口之家，老幼男女皆有相当职业。街市上无游民，无乞丐，亦不大见兵士。农人，工人，劳动者，衣服颇整齐，不似北京贫民之褴褛。工人之劳银，当然比北京贵（人力车、理发馆，标准价比北京大），其生活程度，当然较高于北京。人情亦颇浑厚，不似北京之虚浮诈伪，亦似不及北京奢侈。物价较廉，故请客费比北京省。

南京妇女多天足，虽劳动小贩及小家碧玉皆然。且多数跣足不着袜，古所谓"临流濯素足"及"一身兼作仆，两足白于霜"者，可于此处见之。唯间有已缠过新解放之足，而亦跣不着袜者，则东施效颦，似未免太滑稽矣。

南京妇女貌多端正，平均之美度高于北京。

南京赌风极盛，中流以上有麻雀，中流以下斗叶子。茶馆，酒铺，秦淮河之花船上，人家之门洞，寺院之廊下以及柳阴、树下，随处皆是，地方官不加禁止也。

（九）南京之户口

南京户口：据警察厅调查表，户数七万六千三百九十七户，口数三十九万四千九百一十。然其中总有不尽之处，大约应在四十万至五十万之间也。

秦淮竹枝词

杭州何春巢

（随，十二，十八）

猩红一点着樱唇，淡抹春山黛色匀。

压鬓素馨三百朵，风来香扑隔河人。

远近听来笑语声，板桥西畔泛舟行。

寻常一柄芭蕉扇，摇动春葱便有情。

兰桡最是晚来多，万点红灯映碧波。

我已三更鸳梦醒，犹闻帘外有笙歌。

夕阳两岸画楼台，红藕香中一棹回。

别有芳心卿不解，扁舟岂为纳凉来。

秦淮杂咏

熊学骥（蔗泉）

（随，十二，六）

秦淮三日画帘开，便有游人打桨来。

燕子不归春又暮，几家闲煞好楼台。

笑语勾留画舫停，红妆绿鬓影娉婷。

帘前灯映楼头月，十里人家一画屏。

秦淮题壁

延福（啸崖）

（随，十六，五）

一溪烟水露华凝，别院笙歌转玉绳。

为待夜凉新月上，曲栏深处撒银灯。

飞盏香含豆蔻梢，冰桃雪藕绿荷包。

榜人能唱湘江浪，画桨临风当板敲。

早潮退后晚潮催，潮去潮来日几回。

潮去不能将妾去，潮来可肯送郎来。

沪宁沪杭铁路两旁之观察

南京至嘉兴

八月二十二日午前六点，起床，整理行装。七点，偕佩青乘马车赴下关大马路，将柳箱寄存商务印书分馆。七点四十分，乘沪宁快车出发。自南京至杭州二等车票，价洋七元九角。车座皆藤椅，颇洁净，照章每椅坐二人，茶房亦尚驯谨。女师大毕业生、安徽省立第五女子师范学校教务主任嘉兴谭其觉、训育主任曲阜孔繁钧，自北京经由南京，杭州赴任，适同车。九点一刻，至镇江。十点，至丹阳。一路山陵、池沼、水田、旱田相交错，风景犹似南京。唯镇江东丘陵稍多，稻田多缺水，略带旱象。十点半，至奔牛。十一点，至常州。路旁水田渐多，丘陵渐少。十二点，至无锡。路旁桑树极多，想见蚕业发达。十二点半，至望亭，自此往东，路旁多稻田及小河流，风景绝似日本。南距太湖不远，丘陵渐多。午后一点，至苏州。遥望城垣矮而小，远不及南京之伟大。新上车之女客，语言渐钩辀格磔，不甚可解。路旁水田一望无际，多用井水灌溉。垄畔凿井甚多，编草为顶，以木作架，形状略似小亭，覆其上，以蔽日光。用桔槔，以牛曳之。或在河边架日本式水车，以二人以上至五人并立其上，曳河水灌溉。自此以东至上海，南至杭州，水田多有此设备，不独苏州也。

二点五十分，至南翔。三点十分，至上海北站。下沪宁车，换乘沪杭车。二站设在一处，两火车轨为一并行线，极省时间。沪杭二等车只有半辆，异常拥挤。不得已，坐三等。三点四十分，开车。五十分，至梵王渡。四点，至徐家汇。前明大学士徐光启故里，天文台所在地也。四点十二分，至新龙华，皆傍上海市街西边。往南进行，路旁只有旱田，禾稼略似南京，水田绝少。三十五分，至华庄。已入松江界，水田渐多。五十分，至新桥。五点，至明星桥，松江东门外也。五点一刻，至松江，松江西门外也。六点十分，至石湖荡。三十分，至枫泾。五十分，至嘉善。七点四十分，至嘉兴，住永安栈。

自莘庄至嘉兴，路旁皆水田，不见旱田之迹；皆平原，无丘陵；稻田、荷田、苇田相交错，一碧万顷，风景绝佳。路旁停枢，多作起脊式之小瓦房顶覆之，往南直抵杭州多如此。

永安栈在车站前，颇窄小龌龊。栈内住有妓女（非公娼），时来相嬲；而语言钩辀格磔，不能相通，有"安得巫山置重译，替郎通梦到阳台"之慨。幸尚无臭虫，床枕被褥，尚不污秽，差强人意。

鸳鸯湖

二十三日早八点，游鸳鸯湖。

湖在车站东不过数十步，周围十余里，面积一百二十顷，有荷田、苇田、蒲田。湖心有洲，筑有高大之中国式楼房一座，周围有回廊，有群房，颇华丽，名曰烟雨楼。登其上瞭望全湖，可以一览无余。上设茶座，可以品茗，每壶小洋一角。院内植物甚少，有桐、杉、槐、椿、菩提、桃等树，院内有荷花池。空气极新，风景极丽。

嘉兴至杭州

午后一点，乘沪杭二等车出发。此车名为慢车，到处停留，然较之昨日午后名义上之快车并不慢。车座宽敞，人数寥寥。三十五分，至王店。五十五分，至硖石，始见山。盖由昆山以东，上海以南，路旁总不见山也。二点二十分，至斜桥。三十五分，至周王庙。四十五分，至长安。三点三十分，至临平。一路多水田及桑田，不见其他禾稼。五十五分，至笕桥。四点五分，至艮山门，杭州城东北门也。路旁只有旱田，种桑树、苎麻，不见水田及其他禾稼。路旁房屋，为砖房与草房二种，砖房颇似日本式，草房略近朝鲜式。妇女上衣多长，缠足者渐多，略近北方风。二十分，至杭县车站，换乘人力车赴西湖。五十分，至西湖边湖滨路，住湖滨旅馆。

　　杭县车站在清泰门（杭州城东门）内，铁路由清泰门北，辟城墙而入。

　　湖滨旅馆前临西湖，眺望绝佳；门前为湖滨公园，散步亦最适宜；建筑为二层楼，有七十九间房，颇宏壮洁净；唯住客太杂，余等初住楼下五十七号，楼上客演武术，楼板受其震动，腾播跳动，如万马奔腾，夜不能寐；不得已，告知主人，移居楼上七十九号，始能安枕焉。

杭州之观察

西湖

二十四日午前十点，偕佩青乘小船游西湖。

船为一人舟，细而长，前后尖，中间宽；横设座位四，至少可以容八人；两旁有木栏遮护之。不用篙与棹，行时以形似大木铣之棹拨之，当地人名曰划檔。船夫名陆陈重，船号四百五十五，驻湖滨第三码头，在旅馆前，距离甚近。船上座位似大椅，中间有桌，有茶壶，茶碗，设备尚周到。每日赁价大洋一元，较之秦淮河中，每三四小时，需洋一元以上乃至二元之花船，价廉多矣。

西湖棹歌

仁和徐恭俭（宝幢）

（两，一，三）

大船埠头杨柳青，小船埠头春水深。

劝君莫惜买船费，过却春光没处寻。

钱塘江上大潮多，游客登舟唤奈何。

侬自年年弄潮水，生来从不识风波。

十点，开船，循外湖东岸西北行，至断桥。

断桥在白堤北头，为外湖与后湖（俗名北里湖，即白堤西孤山北之湖）之交通路，桥基旧甚高，嗣修白堤汽车路，将桥镌平改修，故桥身甚低，与平常桥无异，使断桥之名不副实，交通便利矣，未免煞风景也。历史上，文学上最有名之白堤，修成汽车路，为大官、巨绅、富商及纨绔子弟谋便利，带上许多俗恶尘氛气。考钟鼓以享幽人，殊觉不称。此桥当白堤北头，为西湖十景之一，称为断桥残雪。过桥即后湖。

西湖上景，一苏堤春晓，在苏公堤上。二双峰插云，在南北高峰。三柳浪闻莺，在涌金门外钱王祠畔。四花港观鱼，在小南湖西定春桥畔。五曲院风荷，在岳湖边跨虹桥畔。六平湖秋月，在小孤山东麓，外湖西岸。七南屏晚钟，在南屏山净慈寺。八三潭印月，在外湖湖心。九雷峰夕照，在南屏山雷峰夕照寺。十断桥残雪，在白堤北头。每处皆有清圣祖之御碑，构亭覆之。

余等循湖北岸，由东往西行，至兜率寺。兜率寺旧名大佛寺，一称弥勒院。门悬兜率寺匾额，系康南海书。大门正面祀弥勒，背面祀韦陀，侧祀三官菩萨。三官菩萨中国古装，系道教中之理想的神仙，与佛教无关系；混而称之曰菩萨，异矣。

西湖边之寺，多佛道混合者，此亦中国特色也。正殿祀观音，旁多女像，为观音化身。殿后依山，山坡上称内院，正殿正面祀释迦。释迦前并奉弥勒像，左方偏后祀文殊、普贤，右方偏后祀观音、地藏，旁祀十八罗汉、韦陀及关壮缪，法相庄严。建筑虽不甚伟大，然前临湖，后依山，愈进愈高，有更上一层之感，殊觉别致。寺内旁院多楼房，可以租用，住客甚多。

十一点十分，至孤山。孤山在北里湖之东南隅，为宋处士林和靖先生隐居处。余等在山之西北面登岸，参观巢居阁、放鹤亭。阁与亭相傍，为和靖先生旧居。现在有小茶馆，可以品茗。阁后有和靖先生坟，前有碑，旁有鹤冢。

游孤山

嘉禾吴文溥

（随，五，八）

春风欲来山已知，山南梅萼先破枝。

高人去后春草草，万古孤山迹如扫。

巢居阁畔酒可沽，幸有我来山未孤。

笑问梅花肯妻我，我将抱鹤家西湖。

余等沿山西麓南进，至西泠桥畔，谒西泠财神庙。庙内供奉莫名其妙之神像甚多，修饰极其华丽，可代表中国多神教及重财利两方面之社会心理。

复沿山南麓，折而东进，参观盛氏宗祠、广化寺。此二处不甚宏大，然在他处已罕见矣。广化寺创于陈文帝天嘉元年，宋徽宗大中元年改修，易以今名，亦云古矣。

复沿山东麓，折而北进，参观西泠印社、左蒋二公祠、孤山公园、图书馆、阳明先生祠、三忠祠、徐烈士墓、苏文忠公祠。

西泠印社内多碑帖，孤山公园内多植物，最壮观瞻；其建筑皆前临外湖，背负孤山，愈进愈高，有更上一层之感。左蒋二公祠，祀左文襄公宗棠，蒋果敏公益澧。阳明祠，祀王阳明先生守仁。三忠祠，祀清末名臣徐用仪、许景澄、袁昶。徐烈士墓，为民国先烈徐锡麟埋骨处，陈伯平、马子畦之墓附焉。苏文忠公祠，祀宋名臣苏轼。

再北进为罗苑。罗苑俗名哈同花园，上海英国籍，犹太商人哈同妻罗氏之别业也，傍湖而建，为华洋折中式，亭榭甚多，极为宏壮。西湖周围，中国伟人、名流、官僚、政客、军阀、富商、豪胥之别业甚多，幽雅别致者亦不少；若以宏壮论，总不及此奸猾狡诈、素工心计、两层国籍外国商人女老板之别业也。

再北进为平湖秋月。平湖秋月为西湖十景之一。有水榭，可以赏玩湖光。内有茶礼，可以品茗。

折而西，经过孤山路（孤山北面之东西马路），复回放鹤亭前登舟，缘里湖西岸南下，参观葛荫山庄、杨园。前者为沈氏别业，后者为严氏别业。庭院幽邃，花木繁茂，任人游览，概不取资。

西行通过西泠桥，后至外湖西岸。桥畔有苏小小墓，用大石砌成圆形。上有亭覆之。亭以石为柱，前有石碑，刻钱塘苏小小墓。稍南为武松墓，用大石砌成圆形，前有碑，刻宋义士武松之墓，有石华表一。再南为秋女侠墓，祀清末女士秋瑾，用大石砌成，墓顶有碑，刻鉴湖秋女侠……是日正开工修理，下面为工人器具所遮不能见。复前进，西南行，过跨虹桥，入岳湖。

苏小小墓

李 贺

（中晚，十，六）

幽兰露，如啼眼，无物结同心，烟花不堪剪。

草如茵，松如盖，风为裳。

水为佩，油壁车，久相待，冷翠烛，劳光彩，西泠下，风吹雨。

湖面最小，因其西岸为岳忠武王墓地所在，故称岳湖。桥边有曲院风荷，为西湖十景之一，前临岳湖，有荷花十余亩。

复西行为岳王庙。岳王庙为宋忠臣鄂忠武王岳飞祠。正殿祀忠武。左配殿为烈文侯祠，祀张宪。右配殿为辅文侯祠，祀牛皋。栋宇宏壮，庙貌庄严，联额甚多。正殿东西壁，嵌石刻"尽忠报国"四大字。其南为鄂王墓，忠武埋骨处也，旁为继忠侯墓，王长子云埋骨处也。皆用大石砌成，前有石碑，刻王父子爵号。墓前有肉袒面缚、双膝着地之铁像四，胸前皆刻其姓名，左为秦桧、王氏，右为万俟禼、张俊。墓后为王之家庙，正殿为启忠祠，祀王父赠太师随国公和，王母随国夫人姚氏。王与王妃秦国夫人李氏配享。殿左祀王次孙珂，右祀王幼女银瓶公主。东配殿为五侯祠，祀王子云、雷、霖、震、霆。西配殿为五夫人祠，祀王媳巩氏、温氏、陈氏、刘氏、萧氏。

午后二点，在庆元楼饭馆午餐。虾仁炒面一盘，三丝汤、莼菜汤各一碗，索价大洋一元六角八分，颇带敲竹杠性质。船夫极力怂恿客人吃饭，大约彼所得之回扣不少也。二点四十分，复乘船南行，通过玉带桥，至里湖（此湖在苏堤西，岳湖南，小南湖北。俗名西里湖）。沿湖西岸，东行里许，至汾阳别业。

汾阳别业一名郭庄。院内有亭、榭、楼、阁、假山及山洞，颇缭曲幽深。有大池二，与湖水通，满种荷花，清香触鼻。此处为私人所有，任人游览，不取资。

折而东，通过苏堤之望山桥，复至外湖，参观三潭印月。

三潭印月为西湖十景之一，面积不下十顷，为一大荷花池。周围有堤，植以杨柳。池之南面，有牌楼。由此登岸，有大石砌成之路，曲折北行。中间有关帝庙、先贤祠、明末先贤祠。三处俱有碑帖铺、照相馆，有小茶馆可以品茗，并卖西湖藕粉。明末先贤祠本彭刚直公退省庵，民国成立，改祀清初先贤黄宗羲、齐周华、吕留良、杭世骏。建筑伟大，大门为水橵，架以大石筑成。后面登岸之处有牌楼，颜曰小瀛洲。潭之正门前湖心中，有石塔三座，形如瓶，漾水中。相传苏东坡刺杭州时，浚西湖，于湖中立塔以为标志；著令塔以内不许侵为菱荡。塔旁水极深，月光映潭，分塔为三，故有三潭印月之称。

四点五十分，登舟向西北行，参观湖心亭及阮公墩。

二处俱在湖心，面积各不过数十亩，四围不衔接陆地。湖心亭较大，中有庙，祀湖神及南湖公主。阮公墩较小。相传为阮文达公抚浙时，开浚西湖所弃之土。唯其上无建筑，只有芦苇树木及稻田，无可观。

六点，还寓。

晚，师大毕业生台州第六中学教员张哲农、王讷言，女师大毕业生安徽省立第五师范教务主任谭其觉、训育主任孔繁钧、小学主任柳介来访。

二十五日午前九点四十分，出寓。途遇师大毕业生台州第六中学教员夏建寅（焕章），与同登舟。循外湖东岸南行，至涌金门。门已拆去，辟为马路。十点十分，至钱王祠，参观祠及柳浪闻莺。

钱王祠旧名表忠观，祀吴越钱武肃王镠。祠前有大石牌楼，颜曰功德坊。甬路两旁，有大荷花池二。正殿正面祀武肃王，旁祀文穆王元瓘、忠献王弘佐、废王弘倧、忠懿王弘俶。

两厢房贮许多石碑，表忠观碑与焉。后殿祀宋以后钱氏历代之名臣，学者。王，嵊县人，嵊县同乡近来募款修理祠堂，故栋宇甚华丽。西跨院有洋式楼房，每年夏季，嵊县教育界中人往往在此避暑。祠前右方为柳浪闻莺，亦西湖十景之一。

复乘舟南行，至白云庵。白云庵门前照壁，颜曰漪园。下有通路，为行人出入处。由壁至门为石甬路，两旁大荷池。院内梧桐高三四丈，芭蕉高过人顶，皆北方不常见者。正殿祀观音、文殊、普贤。西跨院有月老殿，祀月下老人。

复登舟东行，至净慈寺。寺为后周世宗显德年间，吴越王钱弘俶所建。大门正面祀弥勒，背面祀韦陀。侧悬铜钟，高约五尺，径半之，厚约三寸，是为南屏晚钟。亦西湖十景之一。正殿正面祀释迦、药师、阿弥陀，背面祀观音及另外菩萨二尊。后殿祀千手千眼佛，两旁祀杂有道教思想之多神及罗汉。两旁房屋甚多，壁上多嵌石碑。院内植物甚多，有枇杷、桂、石榴、紫荆、樱桃、榆等树。西跨院有济祖殿，祀宋僧人济颠。殿内供桌前有运木井。相传建庙时，苦无木材，济颠祷于佛，有木材自井中出，取之不尽，至寺落成乃止，故名。殿宇甚宏大，地基亦宽敞。唯看庙者多酒肉和尚，问以各殿佛像名，了不能答。

出寺门，折而东北行，上山坡，约数百步，至雷峰塔。

亦西湖十景之一，号为雷峰夕照。塔于十三年八月十七日（孙传芳入省城之日）已圮，仅余残砖一大堆。相传此塔为吴越王妃黄氏所建，以藏佛螺髻发，故亦名黄妃塔。塔始以十三级为率，仅成五级。本印度技师所建，甚坚固。旧有重檐飞栋，窗户洞达，后毁，唯塔身岿然尚存。俗传塔砖辟邪宜男，故游人争往取砖。又传塔土可以护蚕，故游人争往取土。积久塔基渐空，遂至于圮。迷信风气为害于古建筑如此，可慨也已！塔砖之中藏有经卷。塔圮之后，每日往观之人士，数逾万人。半为参观，半为盗砖。日久砖失落渐多，官府乃筑墙护之，现在残砖犹有存者以此，可惜也。

还登舟，西南进，入映波桥。至小南湖，参观花港观鱼、红栎山庄及小万柳堂。

小南湖在外湖西，西里湖南，面积甚小，故名。其北与西里湖分界处有定春桥，桥畔有大池约十余亩。其中大鱼甚多，是为花港观鱼，亦西湖十景之一。其北数十步为红栎山庄，本清高士奇之赐园，俗呼高庄。其南数十步为小万柳堂，本无锡廉泉别业，今归上元蒋氏，俗名蒋庄。高庄有亭、台、假山、池沼，院内荷花、竹林，大树甚多，极缭曲幽深之致。背面临西里湖，眼界甚寥廓。有茶座，可以品茗。蒋庄为洋式二层楼房，前临小南湖，眼界甚阔。二庄皆任人游览，不取资。

还登湖，出映波桥，至外湖。折而北，沿苏堤前进，通过锁澜折，至西里湖。沿西岸北进，经过水竹居前面及蕉石鸣琴遗址，至丁家山，参观康庄。

水竹居为香山刘学询别业，俗称刘庄，为湖上庄墅之冠，与哈同花园相伯仲，现在房主人偕其如夫人数人纳福于此，不开放，故不得入。丁家山在其西南，上有冈阜，可以远眺。康庄在焉，南海先生之别业也。此山旧名一天山，南海因名其别业为一天园。登岸入园，沿湖岸西行，约数十步，为人天庐；路旁皆池沼，荷花盛开。又前行登山约数十级，至巅，有房五间，向南开，颜曰开天天室；室内贮外国古物甚多，南海先生休息处也。院内竹木成林，景象幽深，院内西偏最高处，有无顶之台。壁上书寥天台，可以俯瞰全湖，眼界极阔。

还乘船，折而东行，至压堤桥畔，参观苏堤春晓。

亦西湖十景之一。此堤为宋苏文忠公守杭时所筑，故名苏公堤。宽约一丈。中间嵌以大石，宽约三尺。两旁各宽三丈，皆桑田。为外湖与西里湖及小南湖分界处。

苏堤三首

吴中张少华

（随，五，九）

拍堤新涨碧于罗，堤上游人连臂歌。

笑指纷纷水杨柳，那枝眠起得春多。

碧琉璃净夜云轻，箫管无声露气清。

好是柳阴花影里，月华如水踏莎行。

沙棠衔尾按筝琶，邻舫停桡静不哗。

云母窗中双鬓影，亭亭低映小红纱。

玉泉寺

还登舟，沿苏堤北行，通过玉带桥，至岳湖。在岳王庙前登岸，循马路西行，约里许，至玉泉寺。

玉泉寺出门，颜曰玉泉清涟寺。门内中间为石路，两旁多竹树，空气甚清。西行，南折，约里许，至大门。门内正面祀弥勒，背面祀韦陀，旁祀四天王。正殿额曰大雄宝殿。前面祀观音，后面祀千手千眼佛，旁祀十八罗汉。后殿额曰西方接引殿，正面祀释迦、药师、阿弥陀，正面左方偏后祀文殊，右方偏后祀普贤，旁祀罗汉。院内甬路旁有鱼池二，金鱼甚多。东跨院有二层洋式楼房，为岑西林别业。西跨院有龙王殿，殿前有大池一，鱼类甚多，金鱼有长至三尺者。殿后有珍珠泉，为一长方形之池，南北长约二丈余，东西宽约一丈，池底常起水泡，形似珍珠，故名。

循原路回，登舟，六点五十分，还寓。

晚，偕佩青、焕章赴钱塘路井字楼九号访师大教授章嵚（厥生），值其旅行浙东未归，不晤而返。

天竺寺

二十六日午前十点半，偕佩青登舟西行。经过苏堤之压堤桥，至西里湖。经过汾阳别业前之卧龙桥入山溪。据舟子言：此溪无名，俗称西湖尾巴。此溪宽不逾二丈，两岸有堤，堤上皆树，堤外为稻田、荷田，风景甚丽。西行约半里，通过利涉桥，溪旁住有人家，是为茅家埠。自此舍舟登岸，步行而进，穿过茅家埠街道，右转入野径，路旁多桑树、稻田、竹林，间有富人、富豪之坟墓，沿途华表甚多。行约二里许，至黄泥衡，参观三天竺。

衡为一小市镇，有卖饮食者，有卖香纸者，皆为香客预备者也。三天竺寺门悬额曰"三天竺敕赐法镜禅寺"，门内正面祀弥勒，背面祀韦陀，旁祀四天王，与玉泉寺同。正殿正面祀万寿无疆牌——其后有幕悬之不知所祀何神，然以理推测，当系观音或白衣大士——背面作云山重叠形，祀观音。旁祀罗汉及道教中神像。后殿正面祀菩萨三尊，坐莲花上。背面祀菩萨三尊，立像。旁祀罗汉及道教诸神。栋宇华丽，庙貌庄严，香客甚多，往来者络绎不绝，上中下流社会之人皆有。

复前进为山路，路不陡，路旁竹树成林，涧水潺湲不绝。行约半里，至中天竺。

此处路南为财神殿，北为三官殿。三官殿西为观音殿，再西为白衣殿，再西为中天竺之正门，颜曰"法净寺"。内设神像与三天竺同。正殿正面祀万寿无疆牌，背面祀菩萨立像五，旁祀罗汉及道教诸神，后殿正面祀千手千眼佛，背面祀二郎神，旁祀道教诸神，再后为藏经阁。前院有大池，池内金鱼甚多。有西配殿，祀白衣大士，其余一切与三天竺同。自此西行约里许，至上天竺山门，颜曰"头天门"，门左祀观音，右祀韦陀。自此前进不足半里，路左有圣帝殿，祀真武。复前行为上天竺长生街，路旁有人家、商店。其商店多以房名，如见心房、少泉房、天南房、白云幻西房、白云大名山老房、白云春山房等皆是，大抵皆卖香蜡纸锞及供神之具。各店柜台中间皆有龛，祀白衣大士。再进为普光门，卖食物之处甚多，皆供应香客者。再进为圆通门，入门后，右转，即上天竺。

上天竺正门向南开，颜曰"法喜寺"，祀弥勒、韦陀、四天王像，与三天竺同。正殿正面祀观音，背面祀观音、地藏与另一菩萨，旁祀罗汉，建筑略同三天竺。西配殿共有三处，祀观音与白衣大士。院内售竹器之小摊甚多，颇似北京庙会。

以上三处，皆祀观音与白衣大士，普通多混为一神，又谓白衣大士为白蛇化身。杭州为小说《白蛇传》之起源地，西湖十景中之断桥、雷峰，皆与白蛇有密切关系，故崇拜之如此。三处皆同一形式，观其一可知其二，不必全观也。

寄韬光禅师

白居易

（白补上，八）

一山门作两山门，两寺原从一寺分。

东涧水流西涧水，南山云起北山云。

前台花发后台见，上界钟声下界闻。

遥想吾师行道处，天香桂子落纷纷。

灵隐寺

午后二点半，还至三天竺。在寺对面之小饭铺燕喜堂吃面，聊充午餐。自此北行，约不足一里，至灵隐路，参观灵隐寺。

灵隐路街市繁盛，酒馆饭铺甚多。街北为灵隐寺大门，颜曰"灵隐古刹"，又曰"飞来峰"，一名云林寺。入门后前行约数百步，中央有石路，旁多古树，称灵隐功德林。又前进为春淙亭，跨涧水而建，顶为亭，底为桥。其旁有绝壁，甚陡，即飞来峰。峰之岩上刻佛、菩萨、罗汉及护法像甚多，雕镂精致，皆晋宋以来古物也。此处有洞，祀观音，上有小口，可窥天，俗名一线天。自此北行西折，约数百步，至寺之正门。门前有二亭，一曰壑雷亭，一曰冷泉亭。亭下有瀑布，水声淙淙不绝。门向南开，颜曰"敕赐云林禅寺"。门内祀弥勒、韦陀及四天王像，与三天竺同。正殿曰大雄宝殿，前面祀释迦、药师、阿弥陀，后面作云山重叠形，祀观音。雕镂之工，生平罕见，大体类似北京北海内之大西天、西山之碧云寺，而装饰之华丽，似犹过之。旁祀罗汉，殿宇极高，为他寺所不及。西为罗汉堂，祀五百罗汉，与碧云寺之罗汉堂相似。罗汉堂前有小径，穿竹林而过，为赴韬光寺之路，约一里有半。余以天气太热，人已疲劳，遂未往。其东配殿杂列许多偶像，兼儒释道三教中实在人物与理想的人物，并天神、地祇、人鬼，一处祀之，有功于地方者，如唐李邺侯泌、白文公居易，吴越武肃王、忠懿王，宋苏文忠公轼等，与赵玄坛、龙王、火帝真君、护法尊者等并列受祀，亦一怪现象也。

五点，回船。六点，回寓。

游灵隐

宋之问　骆宾王

（本事诗，一九）

鹫巅郁岧峣，龙宫镇寂寥。（宋）

楼观沧海日，门对浙江潮。（骆）

桂子月中落，天香云外飘。（宋）

扪罗登塔远，刳木取泉遥。（宋）

霜薄花更发，冰轻叶未雕。（宋）

待入天台路，看余渡石桥。（宋）

二十七日，在寓整理日记，前北京高师教授黄人望（伯珣），师大毕业生浙江女子中学教员曹辛汉，师大毕业生李庆璠及夏焕章、张哲农来访，辛汉将回嘉兴，谆嘱归途在嘉兴小住。

钱塘江及六和塔

二十八日午前九点，偕佩青赴车站前羊市街华兴旅馆访伯珣。十点，乘三等车赴闸口，参观六和塔。

　　闸口站离杭州站，约一刻钟路程。三等车票价洋一角。闸口为省城东南最繁盛之市街，沿钱塘江北岸，长约十里。江面宽约十里，轮船帆船甚多，上溯岩州、金华、徽州，下通绍兴、宁波，为浙江交通之中心点，商业繁盛。自闸口车站，步行沿江南进，约三里，至六和塔。塔在月轮山北面山坡上，开化寺内。寺不甚大而塔甚高，共十三级，高约十丈以上，每二级为一层，内容共六层，连顶七层，每层各有佛教及道教中画像、造像，中央以大石及砖砌成。周围以圆木柱支之，周围各有走廊。登最高层廊下，俯瞰钱塘江南岸，眼界极空旷。塔基作八角形，直径逾十丈以上，最上层之中央，以一根圆木柱支塔顶。

　　十二点三十分，雇妥人力车二辆，穿闸口市街至江头。进凤山门，穿城内市街回湖滨路。三点。还寓。

钱塘竹枝词

湖州徐溥（雨亭）

（随，六，三）

芳心脉脉夜迢迢，郎在江南第几桥。

欲寄尺书写肠断，西湖只恨不通潮。

落尽杨花郎未归，空烦刀尺制罗衣。

人前怕卷珠帘看，蝴蝶一双相对飞。

杭州概观

（一）杭州城

杭州古称余杭，秦曰钱唐，隋曰杭州，唐改钱塘。五代时，吴越都此。宋南渡后，都此，称临安。明改杭州府。清为浙江巡抚治，分仁和、钱塘二县。民国成立，并为杭县，为浙江省会。其境东界萧山，南界富阳，西界余杭，西北界德清，北界崇德，东北界海宁，城南滨钱塘江，北濒南运河，又通沪杭甬铁路，交通甚便。城周三十五里零一千尺，南北长，东西窄，略近长方形。四周分十门。东面有三，北曰庆春，中曰清泰，南曰望江。南面有二，东曰候潮，中曰凤山。西面有三，南曰清波，中曰涌金，北曰钱塘。北面有二，西曰武林，东曰艮山。又有水门六：一在清泰门北，一在候潮门北，一在凤山门东，一在涌金门北，一在武林门东，一在艮山门西。沪杭甬铁路通后，火车由清泰门西入城，望江门东出城，乃于二门之旁，各启一门以通车。湖滨马路成后，西面城墙皆拆去，辟成马路。沿西湖东岸三里，皆造成公园。清波、涌金、钱塘三门及涌金门北之水门俱废。湖滨公园南北长三里，东西宽不足十丈，东抵湖滨马路，西抵西湖，除去小树数千株、芳草地数十方、长椅子数百条以外几无余物，然近玩湖光，远观山色，眼界空阔，增人兴趣不少也。杭州人口号称三十五万，然实数尚不止此。市街繁华，商业兴盛，与苏州相伯仲；而建筑之壮丽，街道之宽阔，则远过之，古迹名胜甚多，风景之胜，甲于东南。

宋故宫

朗月（焦山僧）

（随，补，五，二四）

玉殿尘埋王气终，凤凰已去凤林空。

西湖歌舞浮云外，南渡江山落照中。

古寺有僧吟夜月，野花无主泣东风。

劫灰五百余年后，蔓草荒烟思不穷。

杭州春望

白居易

（白集五，二九）

望海楼明照曙霞，护江堤白踏晴沙。

涛声夜入伍员庙，柳色春藏苏小家。

红袖织绫夸柿蒂，青旗沽酒趁梨花。

谁开湖寺西南路，草绿裙腰一道斜。

余杭形胜

白居易

（白集五，三十）

余杭形胜四方无，州傍青山县枕湖。

绕郭荷花三十里，拂城松树一千株。

梦儿亭古传名谢，教妓楼新道姓苏。

独有使君年太老，风光不称白髭须。

（二）西湖

西湖周围三十余里，西、南、北三面环山，东面缘城，在杭城西，故称西湖。源出武林山，溪谷缕注：下有源泉百道，潴而为湖，西、南、北，诸山之水汇聚于此，故其源深广而不竭。唐以前寂然无闻，唐德宗时，李泌为杭州刺史，凿通湖流，浚六井以资灌溉，民赖以汲，后人称为相国井。穆宗时，白居易为杭州刺史，始于湖之西北面筑堤，钟泄其水，溉田千顷，后人称为白公堤（略称白堤）。宋神宗时，苏轼知杭州，复于湖之西南面筑堤，捍湖水以溉田，后人称为苏公堤（略称苏堤）。孤山耸峙湖心，山前称外湖，山后称后湖。孤山北为白堤，有断桥、锦带桥，孤山西有西泠桥，为外湖与后湖之交通路。其南为苏堤，苏堤东为外湖，西北为岳湖，正西为里湖，西南为小南湖。苏堤上有桥六，最北名跨虹，稍南名东浦，为外湖与岳湖之交通路。再南为望山、压堤、锁澜三桥，为外湖与里湖之交通路。最南名映波，为外湖与小南湖之交通路。岳湖、里湖之间，有玉带桥以联络之。里湖、小南湖之间，有定春桥以联络之。外湖面积一万一千三百五十亩，视之似浅，然遇旱不涸，杭县及海宁县之田，皆资以灌溉。

钱塘湖春行

白居易

（白集五，二九）

孤山寺北贾亭西，水面初平云脚低。

几处早莺争暖树，谁家新燕啄春泥。

乱花渐欲迷人眼，浅草才能没马蹄。

最爱湖东行不足，绿杨阴里白沙堤。

西湖夜望

葛云亭

（随，十二，二）

月光山色静窗扉，夜景空明水四围。

多少渔灯风不定，满湖心里作萤飞。

西　湖

松江何啸客

（随，十二，四）

秦亭山头暖气匀，秦亭山下早梅新。

嫁郎愿嫁秦亭住，占得梅花第一春。

长短兰桡拂渚汀，声声箫鼓集西泠。

为谁唱出桃花曲，尽著萧郎帘外听。

西　湖

如皋顾駬

（随，十二，十七）

白沙堤外荡舟行，烟雨空蒙画不成。

忽见斜阳照西岭，半峰阴间半峰晴。

花坞斜连花港遥，夹堤水色淡轻绡。

外湖艇子里湖去，穿过湖心十二桥。

忆西湖

杭州方芳佩（蕊斋）

（随，六，二八）

清凉世界水晶宫，亚字阑干面面风。

今夜若教身作蝶，只应飞入藕花中。

（三）杭州之建筑

杭州之建筑分四种。一新式洋房。车站前，湖滨路，及西湖边之新建筑属之。无论公家或私人所有，多二层、三层楼房，极其华丽。二旧式瓦房。市街内之建筑属之。大体类似北京城内之瓦房，但较为高大。多二层楼，瓦片皆干摆，不抹灰，与南京同。三木造房。用瓦作顶，前后用木板，两旁用砖瓦或竹篾作成。多二层楼，有时四围全用木板钉成，甚似日本风。城外闸口、江干方面甚多，城内较少。四草房，甚似朝鲜风，城外农家用之，城内无。

（四）杭州之道路

杭州道路分二种。一新式马路。宽大类似北京而较为平整。二旧式石路。中央用大石，两旁用立砖或小石砌成。颇修整，不崎岖，可行汽车、马车及人力车，大体大路多马路，小路多石路。其管理总机关为浙江省会工程局，分机关设在孤山，号西湖管理处。

杭州与南京皆为中国故都，皆为东南重镇，皆为富庶之区，皆为名胜之地，而南京道路崎岖难行，杭州道路康庄平坦；南京古迹荒芜凌乱，杭州古迹整齐修洁；浙江绅商之自治力，似远胜于江苏绅商；前浙督卢子嘉之民政，亦似远胜于前苏督李秀山、齐抚万也。

（五）杭州之交通机关

杭州之交通器具分五种：一船。大者曰篷船，可容十人至二十人以上；小者曰划子，可容七八人，游西湖者多用之。城内河流甚多，亦可用划子。二汽车。三马车。城内之大路，西湖边之湖滨路、白公堤、孤山路及赴灵隐寺之大路皆可用。汽车有一定之路线及钟点，在车上卖票，价甚廉也。四人力车。城内、湖边皆用之，凡不通汽车、马车之小路，多可通人力车。五轿。游山者用之。平常皆用木板作成，近来多用大藤椅替代，上装布篷作顶以蔽日光，号为藤轿，价钱较木轿稍贵。以上五种，以船为最舒适而价最廉。轿为最不舒适而价最贵。

（六）杭州之寺院

浙江各寺，佛道杂糅，以佛教为主体，而以封神演义中道教之神附之，故各寺罗汉像中，往往杂有中国装束之帝王将相神仙侠客像。灵隐寺之东配殿，祀唐名臣李泌、宋名臣苏轼、吴越武肃王镠、忠懿王弘俶，而杂以道教中之赵玄坛、火德真君、多神教中之龙王、佛教之护法尊者等，牛鬼蛇神与先贤混为一谈，并天神地祇人鬼一处祀之，亦可谓极能迎合社会迷信之心理矣。又关壮缪常附祀于佛寺中，有时与韦陀对坐。

浙江僧雏，头上四周多留短发作锅圈形，虽十六七岁者亦如此，此亦北方不习见者也。

西湖旁边，多祠，多寺，多墓，多富家别业，而道观极少；盖浙江佛教比较发达，道教不甚流行也。

（七）杭州之土产

杭州土产，以龙井茶为最，次为藕粉。其实西湖无白莲，并不产藕粉。大抵西湖以名胜著，凡物之美者，多冒充西湖土产，以抬高声价。西湖人士，亦借以装点门面，粉饰湖山；互相利用，互相标榜，用锦上添花手段，欺瞒世人；而世人亦甘心乐意受其欺骗。西湖藕粉，用番薯制成，出自湖边山上，西湖菱出自嘉兴，莼菜、鲈鱼皆自外来者，而西湖冒产藕粉、菱角、莼菜、鲈鱼之名，此诸物亦一一挂上西湖牌号，声价之高，遂如美国境内中国饭铺之李鸿章饼、李鸿章面、李鸿章大杂碎，居然不翼而飞矣。

西湖旧多菱芡，近因某警察厅长提倡放生，遂成为大鱼池。故水色稍浊，不及从前之清，其中鱼类甚多，许钓不许捕，许用钩不许用网。

（八）杭州之气候

杭州之气候热于南京，在南京起身时，已可着布小褂，到杭后上下内外皆换夏布，仍觉热也。

（九）杭州之民风

杭州妇女天足者虽多，然缠足者较多于南京，跣足者较少于南京。

杭州赌风颇盛，彻夜麻雀牌之声不绝于耳。

杭州沙眼症颇流行，盖气候太热，又为交通便利之地。茶馆、饭铺、澡堂、理发馆、戏园内，通用手巾把，为客人交换病菌之媒介，一般人民卫生知识太有限故也。

西湖繁盛之月，为每年春季三四月及五月前半月，秋季八月及九月前半月，此为气候寒暖适中之时，香客赴各寺进香者最多。南自福建北部，西自江西东部，北自江苏、安徽南部，每日来者数以千计，故旅馆定价甚昂，平日只卖四扣至六扣，至此时则不折不扣也。

杭州繁盛之区在西湖滨，车站前只算过客栈。

杭州旅馆定价贵，平日可打六折、五折乃至四折，至繁盛之月则不折不扣，甚或加一、加二，盖以繁盛之月作标准以定价也。然对于远方游客，时常含欺骗性质，现在尚为清简之月，折扣本来甚大，伯珣所住杭州车站前之华兴旅馆仅四折；焕章所住西湖边之西湖新旅社仅五折；湖滨旅馆对于叔愚，亦只言七折；而对于余等入栈时，则言八折，及出栈算账时，则竟按九折。及佩青质问其理由，乃改照六折，商业道德堕落至此，可慨也！苏州旅馆定价，皆用广告张贴于各房间内，大体不折不扣，较之杭州商人，诚实多矣。

西湖竹枝词

海宁杨守知（次也）

（随，五，十五）

自翻黄历拣良辰，几日前头约比邻。

郎自乞晴侬乞雨，要他微雨散闲人。

斟酌衣裳称体难，回时暄热去时寒。

侍儿会得人心意，半臂轻棉隔夜安。

乍晴时节好天光，纨绮风来扑地香。

花点胭脂山泼黛，西湖今日也浓妆。

乌油小轿两肩扶，纰缦窗纱有若无。

里面看人原了了，不知人看可模糊。

时样梳妆出意新，鄂王坟上小逡巡。

抬头一笑匆匆去，不避生人避熟人。

游人鱼贯各分行，就里妍媸略自量。

老婢当头娘押尾，垂髫娇女坐中央。

珠翠丛中逞别才，时新衣服称身裁。

谁知百裥罗裙上，也画西湖十景来。

白石敲光细火红，绣襟私贮小金筒。

口中吹出如兰气，侥幸何人在下风。

苔阴小立按双鬟，贴地弓鞋一寸弯。

行转长堤无气力，累人挽着上孤山。

白舫青尊挟妓游，语音轻脆认苏州。

明知此地湖山胜，偏要违心誉虎丘。

悄密行踪自戒严，朱藤轿子绿垂帘。

轻风毕竟难防备，故拣人丛揭轿帘。

朋侪游兴略相同，里外湖桥宛转通。

觌面几番成一笑，刚才分路又相逢。

画舫人归一字排，半奁春水净如揩。

斜阳独上长堤立，拾得花间小凤钗。

西湖竹枝词

黄莘田

（随，五，一六）

画罗纨扇总如云，细草新泥簇蝶裙。

孤愤何关儿女事，踏青争上岳王坟。

梨花无主草堂青，金缕歌残翠黛凝。

魂断萧萧松柏路，满天梅雨下西陵。

西湖竹枝词

陶文彬（月山）

（两，一，三）

钱塘太守醉西湖，堤上花枝也姓苏。

郎是东风侬是草，将春吹绿到蘼芜。

叶叶东风杨柳青，青骢得得傍花行。

劝郎收却金丸弹，留个莺儿叫一声。

十景塘边是妾家，小楼斜对木兰花。

西邻阿妹声相似，莫误敲门去吃茶。

南运河之观察

二十九日午前五点，起床，整理行装。六点半，偕佩青雇人力车赴杭州车站，购妥自杭州至嘉兴特别快车三等票二张，每张价洋一元一角。七点四十分，开车。座尚宽敞，不拥挤。八点半，至长安。九点十分，至硖石。三十五分，至嘉兴。辛汉来迎，坚留小住，余等以开学在迩，途中尚拟在苏、常、扬、镇略有耽搁，嘉兴已住过一次，鸳鸯湖已游过，不愿逗留，乃辞谢辛汉，并请其引导上船。自车站至船站不过半里，数分钟可至，余等乘宁绍公司所借用之绍吉公司拖船，由宁平小火轮拖带，自嘉兴至苏州。客舱票每张一元，饭钱二角在内。

江浙内河小轮，票价分三等。一方舱，为头等。二客舱，为二等。三烟篷下，居船顶，为三等。实在买客舱票者，多坐方舱或大餐间（即船上饭厅），买烟篷下票者，亦往往坐客舱，船上查票员对于此等客人有干涉有不干涉；大半以势利作标准，不守一定之规则也。

九点五十五分，开船，由南运河北上。运河宽约十丈以上，水势浩大，河堤高处不逾三尺，低处已没入水中，坍塌损坏之处甚多，似多年未曾修理者。河中帆船甚多，渔船亦有，唯轮船甚少，一日之内仅遇着数次也。两岸多稻田、桑田，早稻已获，农家茅屋三五错落于其间，有时点缀以苇荡荷塘，颇含画意。运河为南北大路，横贯运河与运河作十字交叉形之东西交通路甚多。陆地交通路，则夹运河两岸，建一东西大石桥以联络之。河上交通路，则沿运河两岸，各建一南北小石桥以联络之，极壮观瞻。沿河村落，瓦房甚多，草房亦有；唯皆起脊，无平房。

　　十一点半，过长蛇桥，至王江泾，已入江苏界，为运河西岸一大市镇。十二点半，在途中换乘新绍庆拖船，仍由宁平拖带。一点二十分，至平望。距嘉兴五十四里，至苏州九十里。此处船家计算里程，以九作单位，距嘉兴六九，距苏州十九也。平望跨河为市街，长约数里，商业繁盛，以二大石桥联络河两岸，气势雄壮。镇西有湖曰安墩湖，水势浩大。复前进至双亭子，已在太湖边，运河西岸与太湖仅隔一堤，波涛浩渺无际。

　　二点四十分，至八坼，为沿河一大市镇，房屋华丽。午后四点，过三里桥，至吴江。两旁河流甚多，中间杂以稻田，作种种正方、长方或不等边三角形，风景甚似吾乡，但规模稍大耳。一路用水牛引桔槔灌田者甚多，水利较为发达。

　　五点五十分，至苏州城东南隅之洋关，轮船汽油告竭，登岸取油，耽搁一小时。在杭州起身时，天气尚热，内外全穿夏布衣，至是天气骤凉，换着布衣。客舱中为烟篷下客占满，空气郁蒸，余避居舱外换气，遂伤风，喉中格格作嗽。七点半，至阊门外，下船，住鸭蛋桥堍老苏台旅馆。

　　老苏台旅馆建筑为二层洋式楼房，颇伟大，室内设备亦整齐，唯略有臭虫。室外多流娼往来，然过我辈之门皆不入，醋大一股酸气，固能使野鸡退避三舍也。

苏州之观察

天平山

三十日午前八点半，师大毕业生江苏省立第二女子师范学校教员许锡安、壬斋来访。余本意邀壬斋指导游苏州，嗣因壬斋原籍江阴县扬舍镇创立中学校，请壬斋充筹备主任，约定以今日起身回家，无暇相伴，乃由壬斋代雇妥人力车二辆，往游天平山。归途转赴寒山寺，约定往复价小洋十角。

九点半，出发。途中因天气骤冷，佩青回寓添衣，遂未同行。余冒寒前进，因而伤风症增剧。循阊门大街西下，经过大道二三里，至金铃关。

关为苏州城西一小市镇，颇繁盛，小商店甚多。关西有枫桥河，上有桥曰枫桥，为唐诗人张继夜泊处，有名之《寒山寺》诗脱稿于此，历史上、文学上之声价极高。实则枫桥仅一平常桥，其建筑材料，砖石各半，颇不雅观，远不如南运河沿路各桥之伟大壮丽。

枫桥夜泊

张　继

月落乌啼霜满天，江枫渔火对愁眠。

姑苏城外寒山寺，夜半钟声到客船。

　　自此循河西岸南下，至浒关市。车夫迷失道，车不能行，乃下车徒步向西行。由车夫引路，经过许多野田小径，两旁皆稻，半作黄色，风景绝佳。十一点半，行约八九里，误至观音山北麓。

　　观音山在天平山西偏北三里，其北麓下，松树、桑树及各种杂树甚多，有寒泉书院，为白云观下院，山主为范义庄，本范文正公宅之产业也。第一层殿祀西王母；第二层殿中央祀释迦、药师、阿弥陀，旁祀十八罗汉，东西两壁作云山重叠形，祀五百罗汉；第三层殿祀千手千眼佛；第四层殿祀地藏王菩萨。其西跨院有观音洞，祀观音。其东跨院为范文正公祠，建筑尚伟大，唯颇荒凉，有僧一人看守。其上约半里余，在山腰中，有伟大建筑，是为白云观。余以目的不在此，无暇往观。

　　自此匆匆下山，循野田小径，向东南进行。约三里许，登一山坡。上有人造之石门洞，后来询之土人，是名洞支门（译音）。过门下坡右折，约数百步，即天平山，已达目的地矣。而余口渴甚，亟欲饮茶。询之引路车夫，天平山在何处？车夫误指西南方面之灵岩山为天平山，余以相隔尚有一望遥，至少路程亦在四五里以外，口渴不能耐，不得已，折向正东，退回三里许。至四濠头（系一小村，据当地人话译音），向小茶馆饮茶，雇二人肩舆一抬赴天平山，约定往复价钱小洋六角，命车夫在茶馆休息等候。

复西行三里，过洞支门。北折约数百步，至天平山，参观高义庄。

庄在山之南麓，为范氏赐庄。门向南开，前有大池，杂生水草。门内沿山建屋，愈后愈高，最后一层堂屋，额曰"高义园"。从堂屋之右方出后门，即为登山之路。路右有泉，名钵盂泉。旁有庭院，可以品茗。从此登山数百级，汗流遍体，尚未达绝顶，舆夫偷懒，竟劝下山。余亦以伤风以后，加以疲劳，身弱气馁，乃中止上山。闻山顶可以观太湖，竟未达到此目的，可惜也。由山东望，稻田作种种正方、长方形，直抵苏州城外，风景亦殊不恶。

下山南进，穿过高义庄约数十步，参拜范公坟。

范公坟面积约数百亩，周围绕以石墙。墙内有松数千株，浓绿欲滴，青草满地，荒芜没人，遍觅并无文正公坟，只有文正公高祖柱国丽水丞隋墓。而舆夫坚指谓即文正公墓。小人妄作聪明，饶舌可恨。后询之守门者，则文正公葬于河南，此乃其三代墓也。

寒山寺

二点十分，复乘舆东下。二点半，回至四濠头。小憩，饮茶。三点，步行东北进。三点四十分，回至浒墅关原停车处。四点，回至枫桥，过桥往东至金铃关，循枫桥河东岸南进。约数百步，至寒山寺。

寺为张继《枫桥夜泊》诗之主要地点，历史上、文学上之声价极高。相传创于梁武帝天监年间，旧名妙利普明塔院，宋孙承祐重建塔七重，今已莫知其迹。明嘉靖间，铸巨钟，建楼置之。清文宗咸丰十年，发匪陷苏州，寺毁于火，巨钟后为日人取去，于是《枫桥夜泊》诗之"姑苏城外寒山寺，夜半钟声到客船"之句，遂成虚语。日本文人学士游历到苏州者，多引为憾事，乃募积巨款，重行铸钟。明治二十八年（清德宗光绪二十一年）铸成，其钟铭为当时首相侯爵伊藤博文所撰，阁员子爵杉重所书，派人运至苏州，装设于正殿内东北隅，可谓极文人之好事矣。宣统初年，苏抚程德全集资重修。辛亥六月落成，是为今寺。建筑不甚宏大，正殿正面祀释迦，左方偏后祀真武、火帝，后面有碑，刻寒山、拾得像，俗称为和合二仙人者也。相传唐太宗贞观时，有二高僧，一名寒山，一名拾得，居天台唐兴县寒岩，时往还国清寺，人莫识之。闾丘胤出守台州，丰干禅师谓曰："到任须谒文殊普贤，在天台国清寺执爨洗器者是也。"胤访之，见二人致拜，寒山笑曰："丰干饶舌。"二人曾止于寒山寺，故名。正殿后面有大院落，周围有回廊，存有碑石甚多，大半出自清人手笔。

四点二十五分，就归途。五十分，还老苏台旅馆。

虎丘及靖园

三十一日午前八点，苏州地方审判厅长兰封岳秀华（莲西）来访。九点，典存遣其令弟克万（立人）来访，引导余与佩青游苏州。佩青与莲西系同乡，同学旧友，乐与闲谈，辞不赴。余乃独与立人出游。雇妥人力车二辆，赴虎丘。每辆往返价钱大洋五角。十一点半出发，向西北进行，经过渡僧桥，循山堂街而往。此街为苏州城西北一繁华市镇，在山堂河东岸，本名阊门路街。街长七里，南达阊门外，北抵虎丘，小商号甚多。街道狭窄等于苏州城内，而房屋颇整齐，路东多祠堂，路西沿河岸处多水榭。

十一点三刻，至虎丘。

虎丘本一小山，在山塘河东岸。高一百三十尺，周二百十丈，相传吴王阖闾葬此，三日而虎踞其上，故名。正门颜曰"虎丘禅寺"，门中间为甬路，以小石砌成，长约数十丈。两旁多杂树、芳草，弥望皆绿。路西有鸳鸯圹，为长洲蠡口人倪士义与妻杨氏合葬处。再进上山坡为二门，颜曰"虎丘胜迹"。其右方为拥翠山庄，内有陈恪勤公祠，清末殉难山西巡抚陆钟琦祠，其长子翰林院侍讲光熙从祀，颇回环曲折，别饶雅趣。庄后再上一层山坡为冷香阁，阁甚高，可以眺远。内有茶馆，可以品茗。院内外皆梅花，约三百余株。冬日开时，清香触鼻，故名。阁之北偏东，为仰苏楼遗址。楼已毁，现正在改建中。阁正北山坡最高处为虎丘塔，中间有墙隔断，不能通。乃退回原路，由二门向左方石路前进。路西有泉，为梁时憨憨尊者遗迹，旁有石碑刻憨憨泉，上有小亭覆之。路东有真娘墓。相传真娘为吴之美人，墓用大石一方凿成，上有小亭覆之，前有碑曰古真娘墓。从此上坡为千人石，有大磐石。相传可容千人，故名。石后有高岩，为高僧竺道生说法处，岩上有李阳水篆文四字，为生公讲台，分刻四石。千人石北，生公讲台南，有白莲池，周一百三十步，满植荷花。千人石北，白莲池南，有点头石，相传生公讲经，人无信者，乃聚石为徒，与谈至理，石皆点头，故名。白莲池西有二仙亭，祀寒山、拾得。亭西为陆羽石井，口方丈余，四围皆石壁，泉甘洌，石壁镌"第三泉"三字。台西有池，细而长，南北长五六丈，东西宽不及一丈，形似剑，名剑池。池东为生公讲台，西为虎丘塔，皆高逾五六丈，池在其下，水甚深，池东岩上刻"虎丘剑池"四字，为颜真卿书。千人石北，生公讲台东，有石阶五十三级，即历史上、文学上有名之五十三参。登石阶后即虎丘寺，正殿祀如来及韦陀，殿后为碑亭，有乾隆御碑。殿西为虎丘塔，塔系砖筑，共七层，塔已颓败，周围以墙圈之，禁止人登。由寺赴塔，中间须经过剑池，有小石桥架于岩上，可通行人。桥上有二圆洞，直径各约尺余，可以下汲剑池之水。

出虎丘寺南行，参观李文忠公祠。

祠在虎丘寺南数百步，前临山堂河，后为靖园。园内有

亭、台、池沼、假山、花木甚多，颇小巧玲珑。入门须买票，
每张铜圆八枚。

题虎丘东寺

张　祜

（中，五，二二）

云树拥崔嵬，深行异俗埃。

寺门山外入，石壁地中开。

仰砌池光动，登楼海气来。

伤心蒿里意，金玉葬寒灰。

和人题真娘墓

李商隐

（中，七，二十）

虎丘山下剑池边，长遣游人叹逝川。

胃树断丝悲舞席，出云清梵想歌筵。

柳眉空吐效颦叶，榆荚还飞买笑钱。

一自香魂招不得，只应江上独婵娟。

真娘墓

白居易

（中，一，十一）

真娘墓，虎丘道，

不识真娘镜中面，唯见真娘墓头草。
霜摧桃李风折莲，真娘死时犹少年。
脂肤荑手不牢固，世间尤物难留连。
难留连，易消歇，塞北花，江南雪。

真娘墓

佚　名

（两，五，七）

儿家生小住金阊，却把金阊作故乡。
马足残花怜薄命，牛毛细雨送斜阳。
碧苔多处生红豆，青冢旁边种白杨。
一寸鞋尖一寸草，禁烟时节土犹香。

山塘竹枝词

惠山侯光第（枕渔）

（随，三，二六）

当垆十五鬓堆鸦，称体单衫浅碧纱。
玉盏劝郎拼醉饮，更无花好似侬家。
坡塘春水碧于油，树树垂杨隐画楼。
楼上玉人春睡足，一帘红日正梳头。

留园

十二点二十分，乘车南旋。四十分，至五福路，参观留园。

园在路西，本明徐太仆泰时东园故址，今为常州盛氏所有，入门票小洋一角。园内有亭、台、楼、榭、池沼、假山、植物甚多，四围有回廊，面积颇不小，微嫌房屋太多，空地太少。

西园

午后二点，回至阊门外大街，在小馆午餐。二点半，西行至街市外，参观西园。

西园在留园西，相隔不及半里，本明徐太仆西园故址，子工部溶舍为复古归原寺。崇祯八年，改曰戒幢律院。清咸丰十年，遭发匪之乱而毁，今僧广慧集资重建。门前有照壁，颜曰"西园震国戒幢律寺"，大门祀弥勒、韦陀及四天王，正殿颜曰"大雄宝殿"。正面中央祀释迦、药师、阿弥陀，左方偏后祀文殊，右方偏后祀普贤，后面作云山重叠形，祀观音，两旁祀诸天菩萨。正殿后为藏经阁，其西为五百罗汉堂，堂之入口有寒山拾得像，再进有四身拼成之千手千眼佛像。此寺于光绪十六年造成，故整齐洁净，栋宇宏大，法相庄严，大体构造，颇似杭州西湖边之灵隐寺。寺之西院名广仁放生园，有假山，植物甚多。有大池约数十亩，金鱼甚多，长者约三尺以上。鼋、鳖甚多，大者直径约二三尺，游人投以食物，则争出食之。

玄妙观

四点半，乘人力车入阊门，往观玄妙观。

阊门内外大街，商业极为繁盛，唯道路太窄，宽不及一丈，两辆洋车不能开。玄妙观在阊门内东偏南，观前大街路北，约居全城中央。正殿为三清殿，正面祀玉皇上帝，旁祀诸天神，后面祀三清。后殿为弥罗宝阁，甚伟大。民国元年，毁于火，仅余铁香炉一尊。其后为真人大殿，中央祀蓑衣真人，两旁祀观音、药王。殿前有运木古井。相传造殿木材，系由井中运至。三清殿西为玄都仙观，东为东岳大殿，祀东岳。东岳殿南为关帝殿，祀壮缪。再南为机房殿，祀观音。再南为三茅殿、火神殿、斗姆殿、祖师殿、天后殿、真官殿。但除去东岳殿外，皆规模狭小，无足观。院内面积甚大，行商摆摊者甚多，终年闹庙会，略似北京之天桥、南京之贡院街。

苏州概观

（一）苏州城

苏州本春秋时吴国都城，吴王阖闾、夫差，凭借此处为根据地，与现今两湖境内之楚国、浙江境内之越国争霸。秦、汉置会稽郡，后汉置吴郡。隋置苏州，宋为平江府，元为平江路，明改苏州府，清为江苏巡抚治，分吴县、长洲、元和三县。民国成立，裁撤江苏巡抚，移省长于江宁，并三县为一县，统称吴县，置苏常道尹于此。其地东界昆山，南界吴江，西南临太湖，界浙江之湖州，北界常熟、无锡。太湖内东、西二洞庭山，为旧太湖、靖湖二厅地。今日之吴县，实兼清末五厅县之地。城西、南二面临运河，北临沪宁铁路，交通极便利。城周四十五里，高二丈八尺，厚一丈八尺，南北长，东西窄，为长方形，居民稠密，商业繁盛，人口号称五十万。甲第云连，生齿之繁，实在江宁以上。城之四周有门六，东面有二，北曰娄门，南曰葑门。西面有二，北曰阊门，南曰胥门。西南角曰盘门，北面曰齐门。阊门内外商业最盛，火车站、轮船站皆在阊门外。盘门外为商埠，有日本租界。

送人游吴

杜荀鹤

（中续下，七）

君到姑苏见，人家尽枕河。

古宫闲地少，水港小桥多。

夜市卖菱藕，春船载绮罗。

遥知未眠月，乡思在渔歌。

（二）苏州之建筑

苏州建筑略似杭州，唯旧式瓦房较多，新式洋房较少。

江浙小家瓦屋，多系前后两三间钩连搭成，前后有门窗以通空气，极深邃，以御夏天之暑气。余所见杭州城外之闸口，苏州城外之山塘街，皆其代表也。

（三）苏州之道路

苏州城内道路皆用小石砌成，然颇修整，不似南京之崎岖。唯异常狭窄，宽不逾丈，有时两辆洋车不能对开。城外亦多小石路，唯阊门、胥门、盘门外有马路。城内外河流甚多，桥梁之数逾五百座，多用大石砌成，中间有石级，车行甚不便，故人力车上下桥时，乘车之客，须下车步行。新式之桥多用洋灰（塞门德土）筑成，无石级，但比较尚居少数。

（四）苏州之交通机关

苏州之交通器具分四种。一船，城内外多用之。二人力车。三小轿，城内外多用之，游山者亦间用之。人力车之构造，与南京、杭州者略等，远不如北京人力车之安适。小轿皆二人肩舆，游山或行远路时，则用三人轮流抬之。四驴，城外多用之。汽车、马车虽亦有，但数目绝少，固因街道狭窄使然。而前清官吏出门，必先驱逐行人，号为净街，实亦不得已也。

（五）苏州之饮食

苏州之饮食略同于南京，唯粥之种类甚多。味甚美，有专门粥铺，兼卖点心。

（六）苏州之民风

苏州妇女，缠足者甚少，跣足者甚多，劳动之妇女多穿草鞋，虽抬山轿者亦有妇女。大多数身体较北方人矮小，然足下颇能着力，故亦能任重致远。

江浙天气潮湿，容易得脚气病，故多跣足不着袜。中流以下之妇女亦如此，故多穿甩腿裤。北方天气冬季严寒，又妇女缠足者多，故一律穿扎腿裤也。

中国北方人所穿之袜，多不开口。偶有开口者，亦在后面，大体与日本式同也。南方妇女所穿之袜，多在前面敞口。

南京女子容貌端正，苏州女子容貌秀丽，平均皆美于北方人。然南京女子语言微嫌生劲，苏州女子态度微嫌轻佻，是为美中不足之处。

日本女子与中国江南女子皆以秀丽著名，然日本女子面带桃花或樱花色，江南女子面带秋葵或菊花色。唯江南女子身段苗条，日本女子身段粗笨；江南女子举动轻巧灵便，日本女子举动有时微嫌拙滞，二者皆有美中不足之处也。

苏州语言圆转流利，如莺啭燕语，带女性太重；宜于巾帼，不宜于须眉；宜于说情话，不宜于演说。苏州白话文，无用之语助辞、无汉字之音太多；宜于写情书，不宜于作讲义或语录。

江浙茶馆非常发达，每日自朝至夜，座客常满，可以喝茶，可以吃点心，可以吃饭，可以打牌或下棋；其最方便者，有理发之设备，或由澡堂兼代。至于每茶馆中，必有卖口技者说书，或校书唱曲，更为当然之事。苏州城内名流、巨绅、豪商，每日多赴茶馆消遣，习以为常，社会上不以为怪。不似北京之茶馆，每日出入者，仅限于劳动界也。

江浙一带迷信颇盛，壮年男子多戴单耳环，间有戴双耳环或鼻环者。

（七）苏州杭州之比较

苏州山明水秀略等于杭州，山不及杭境之高且多，而河流湖泊之丰富则远过之。太湖面积，较之杭之西湖大逾百倍，其余若城东北之阳澄湖，城东之金鸡湖、独墅湖，城东南之尹山湖、镬底潭，城南之石湖等，皆较西湖面积，大逾数倍乃至数十倍，然其声价不及西湖之高，游人不及西湖之多者，因西湖与杭城接连，而武林山在湖外；苏州城西南有上方、天平、灵岩诸山，而太湖反隔在山外；其余诸湖，皆距城数里乃至数十里，无一与城毗连者；以致大多数游苏之客，不能兼游湖，殊可惜也。杭州之山，将城与湖圈在一处；苏州之山，将城与湖截作两段，天然之煞风景，人力不能与之争也。杭州街道宽阔，略同北京、南京；苏州街道狭窄，略同济南、武昌。杭州规模阔大，颇似大家闺秀；苏州规模狭小，犹似小家碧玉也。

虎丘竹枝词

李啸村

（随，五，十五）

横塘七里路西东，侍女如云踏软红。

才到寺门欢喜地，一时花下笋舆空。

仰苏楼畔石梯悬，步步弓鞋剧可怜。

五十三参心暗数，敧斜扶遍阿娘肩。

佛座烧香一瓣新，慈云低覆落花尘。

不妨诉尽痴儿女，那有如来更笑人。

女冠装里认依稀，只少穿珠百八围。

岂是闺人真好道，阿侬爱着水田衣。

虎丘竹枝词

黄莘田

（随，五，十六）

昏崖老树落朱藤，漏出红纱隔叶灯。

不畏霓裳有风露，吹笙楼上坐三层。

斑竹薰笼有旧恩，湘妃节节长情根。

吴娘酷爱衣香好，个个将钱买泪痕。

千点琉璃八角亭，剑池寒水浸华星。

天生一片笙歌石，留与千人广坐听。

画鼓红牙节拍繁，昆山法部斗新翻。

顺郎年少何戡老，海燕亭前较一番。

楼前玉杵捣红牙，帘下银灯索点茶。

十五当垆年少女，四更犹插满头花。

湘帘画楫趁新凉，衣带盈盈隔水香。

好是一行乌桕树，惯遮朱舫坐秋娘。

吴门杂咏

杨学基

（随补，四，三）

岩柱香飘艳素秋，石湖风静水悠悠。

洞箫吹出山头月，两岸轻烟半未收。

回塘夜火刺船行，银烛高烧水榭明。

两岸采菱歌不绝，木兰舟上又吹笙。

行春桥畔水云凉，万顷玻璃映夕阳。

雾縠衫轻纨扇薄，卷帘低唤卖花郎。

无锡之观察

无锡市街及无锡饭店

九月一日午前六点，起床。八点，偕佩青乘马车赴苏州车站，车价小洋四角。自老苏台至车站惯例如此，不必问价。一问则反争执矣。购妥自苏州至无锡沪宁快车三等票二张，每张价洋三角。九点，开车。车上颇不拥挤。二十五分，至浒墅关。三十分，至望亭。十点，至无锡，住无锡饭店。

无锡旧名锡山，缘邑之西城外有锡山，多锡矿，故名。周秦时，采矿之人时启争端，既而锡尽，民亦安宁，遂名无锡。战国时，楚黄歇封于此，号春申君城。前汉曰无锡。新莽时，改名有锡。后汉仍名无锡，元为无锡州，明曰无锡县，清分邑之东境为金匮县，近复并金匮于无锡。其地东界常熟，东南界吴县，西界武进，北界江阴，境内山甚多，以惠山、锡山为最著。河流甚多，以运河为最著。湖泊甚多，以太湖为最著。县城北临沪宁铁路，西南连运河，南通太湖，交通甚便，商业极为繁盛，为江苏南部之中心点。

无锡饭店为当地第一大旅馆，在无锡县城北门外，运河畔，通运桥塊，北距车站不及半里。西滨运河，交通极便。房屋高大，床铺洁净，无臭虫、蚊子来骚扰。其三层楼甚高，屋顶可以远眺。饭店规则，禁止流娼往来，秩序较为整齐。

无锡茶馆之繁盛略等于苏州，街上熙来攘往之人甚多，神气总觉比苏州街上之人忙碌，盖苏州多浏览山水之游客，无锡多买卖货物之商人也。街上女子不多见，时髦妆饰之女子尤不多见，盖苏州街上所见者多妓女，无锡街上所遇者多工女也。妆饰渐趋旧式，缠足者渐多，穿上海式之短衣者甚少。

太湖

二日午前六点半，雇妥人力车二辆，每辆每日大洋一元。往游太湖，湖在城南，最近处距车站七英里，距无锡饭店约二十中里。余等进北门（光德门），经过城内公园前，出西门（试泉门）。

北门内外皆马路，西门内外皆小路（用小石砌成者）。盖北门附近为商业地，西门内外为住居地故也。公园在城中公园路，距北门甚近。园内有假山、荷池、植物甚多，设备颇雅。余等匆匆一过，无暇入门一观，可惜也。

循城西，开原乡，河埒口上村街道而往。所经之路，皆用小石砌成，崎岖略等于南京。道旁桑田甚多，稻田较少，愈近太湖边，山田愈多，平原愈少，水田绝无。八点，行十余里，至梅园。

梅园在东山上，为实业家荣德生所辟，面积六十余亩。园中植物甚多，有梅数百株。冬日开时，芬芳扑鼻，故称梅园。园内有池，荷花盛开。有亭，有楼，登之可以望太湖。亭前有太湖石，玲珑可爱，园内鸟语花香，快人心目。

出园登车，缘管社山东麓南下。行三里，至万顷堂。

堂在管社山南麓，南临太湖。凭栏下窥，一碧万顷。堂西为湖神庙，祀湖神。神白面无须，戴王冠，穿红色蟒袍，颇不似平常龙王庙中之龙王像。湖神庙西有项王庙，祀西楚霸王项籍。神像白面，黑发，衮冕，有儒者气象，不似拔山盖世之壮士。相传项羽避仇吴中即此地，故立庙祀之。

九点十分，乘渡船入太湖，行约二里，至鼋头渚。

鼋头渚在万顷堂南，充山麓，太湖中，与管社山隔湖相望。充山下有曹湾，曹湾以下皆平壤。有巨石突入湖中，广十余丈，作半岛形，如鼋头然，故名。此地为太湖出口处，波涛澎湃，奇石壁立，一岭松鬈，气象万千。现为杨氏私立植果试验场，山麓建有横云小筑及涵虚、落霞二亭。山坡建有花神庙。花神女像，高约二尺许，以大理石琢成，全身雪白，极带欧风。其上有云影波光亭、奇秀阁，可以远眺。半岛上筑新有之灯塔，作航船之指南。山上植物甚多，浓绿欲滴，自此处望太湖，烟波浩渺无际。

太湖，古名震泽，又名笠泽、具区、五湖。面积三万六千顷，周围五百余里，跨江浙二省之交，我国第三淡水湖也。湖中岛屿甚多，著名者七十二峰，最大者为东西二洞庭山。水石之胜，天然入画，有洞天福地之称。湖水深且广，水虽因时而异，冬季水量虽浅，犹深于运河，故湖中之水，恒出注于运河。夏季西南诸水，多由运河而归于湖，故湖水益深，湖面一片汪洋，既便运输，又资灌溉。滨湖之地，土壤肥沃，沟渠交错，农桑水产之利，甲于东南。余等本欲横渡太湖，赴湖之南部一游，奈现时盐枭猖獗，屡掠滨湖诸邑。不得已，仅至鼋头渚一观，风帆沙鸟，出没烟波间，亦足以窥其大凡矣。

十点，登舟，回至万顷堂，小憩，饮茶，茶资每位小洋一角。

惠山

十点半，由原路回至河埒口上村，折向西北，行十余里，至惠山，游惠山寺。

惠山寺在县城北约五里，距车站六英里，周围约二十里，高百余丈。寺在山麓，明以前曰华山精舍，明代始改名惠山寺，现在寺前牌楼颜曰"古华山寺"，山门颜曰"惠山寺"。山门左右有石幢二，一为唐僖宗乾符间物，上刻尊胜咒，一为宋神宗熙宁间物，上刻楞严经。山门内为甬路，长约数十丈，两旁皆祠堂。正殿遗址为淮军昭忠祠所占，祀淮军战殁之将士，祠门深锁，无从瞻拜。祠前有乾隆、同治二御碑亭。其东院为竹炉山房，天下第二泉在焉，旁有二泉亭及乾隆御碑。泉有二相连接，用大石砌成井形，一圆一方。圆者为正泉，方者为副泉。泉后有广厦名漪澜堂，内有小茶馆，可以品茗。其东为第八小学，旁有尊贤祠，祀乡贤；至德祠，祀泰伯；神像白面，黑发，衮冕。用上公礼服。祠内有滤泉，亦当地著名之泉。有小茶馆可以品茗。有大池，荷花盛开。其西为寄畅园，有亭、台、楼、阁、池沼，颇不俗，但破坏者不少。园主姓秦，俗名秦园。无锡为宋奸相秦桧故里，故姓秦者甚多，然非桧后也（史书言桧无子，以内侄熺为嗣，本王氏子也）。其旁有马文忠公祠，祀明末礼部右侍郎马士奇，司马温公祠，祀宋相司马文正公光。东岳庙，祀东岳。张中丞祠，祀唐忠臣张巡、许远。

题惠山寺

张　祜

（中，五，二二）

旧宅何人在，空门客自过。

泉声到池尽，山色上楼多。

小洞穿斜竹，重阶夹细莎。

殷勤望城市，云水暮钟和。

无锡至镇江

午后二点，回寓。三点，赴车站，购妥沪宁快车自无锡至镇江三等车票二张，每张大洋八角。五十分，开车。四点一刻，至横林。三十分，至戚墅堰。四十分，至常州。五点十分，至奔牛。三十八分，至丹阳。五十五分，至新丰。六点，至镇江。下车，雇妥人力车二辆，赴江边盆汤巷，住孟渊旅馆。

扬州之观察

江北运河

三日午前七点，由旅馆至江边，购妥福运轮船公司自镇江赴扬州客舱票二张，每张大洋二角，乘永昌小火轮之拖船横渡扬子江。五十五分，行约九里，至瓜洲，为沿河一大市镇，停泊船只甚多。

自此入运河，河身宽约十丈，两岸河堤皆以大石砌成，甚整齐，河水混浊，带深灰色，不似江南运河之碧绿澄澈。八点十八分，至四里铺，草房渐多，瓦房渐少，不及江南村落之整齐。堤边柳树渐多，已带北方气象。八点半，至三叉河，为沿河一大市镇，有水从西来，注入运河，由此溯流西上，可通仪征县。石筑之河堤至此为止，两岸坍塌损坏之处甚多，堤高四五尺，水势浩大。岸上旱田渐多，水田渐少，农产物多豆类、玉蜀黍及芝麻等。九点，至扬州城外，运河东岸，扬州城南有大寺院，内有文峰塔，甚壮观瞻，因轮船不停，未能参拜。自此北行约里许，至新城东南隅福运门外，登岸。

扬州之古迹名胜

余等雇妥人力车二辆，入福运门，穿过新城，至旧城大牛录巷，访广州大学教授任讷（中敏），请其指导。适值中敏乘第一次汽车赴镇江，由镇江转赴上海，将偕陈斠玄同赴广州，未得晤面。由其令亲许崇德（仲彝）代为接见，代雇洋车二辆，约定每点钟大洋一角二分。出西门，观二十四桥遗迹。道路异常崎岖，行约三四里，只见二座破砖桥，余皆渺无其迹，余等怅然失望。

自此迤逦东北行，约数里，至平山堂。平山堂在扬州城北土山上，颜曰"法净寺"。寺门南向，门东西墙上各嵌巨石，东题"淮东第一观"，西题"天下第五泉"。江苏第三师第六旅第十三团第三营驻焉。例不许游人入，余等乃以名刺拜营长，由营长刘君亲自引导参观。正殿曰大雄宝殿，祀释迦、药师、阿弥陀，旁祀罗汉。江浙之寺皆临济宗，故所祀之佛一样。西为谷林堂，其前即平山堂，堂南向，五间，陈设甚精致。其后为楠木厅，有石刻欧阳文忠公像。

午后一点，参观观音寺。寺在法净寺东龙冈上，江苏第三师第六旅第十二团第三营第十连驻焉。连长淮安王松生（煜东）亲自指导，大门祀弥勒、韦陀、四天王，正殿曰大雄宝殿；正面祀释迦；背面作云山重叠形，祀观音；旁祀罗汉。此寺亦为临济宗，寺内房屋甚多，极缭曲幽深之致。

自此乘车南行二三里，至五亭桥，参观莲性寺、荷庄、徐园及湖心律寺。

　　五亭桥两头宽，中间窄，略如工字形。南北长七八丈。中间一大亭，两头各有二小亭覆之，五亭相钩连搭成，故名。大亭正面颜曰"去思亭"。桥下有河，桥东有湖，荷花甚多。自此乘船，可通荷庄、徐园及湖心律寺。

　　渡桥而南，东行百余步即莲性寺。在小土阜上，俗名法海寺。大门祀弥勒、韦陀、四天王；正殿颜曰"法海"，祀观音；后殿有砖塔一，形似玻璃洋灯罩，现正在修理中。

　　出莲性寺北行数十步即湖边，湖心有大院落，南对莲性寺，东望小金山，西望五亭桥，是为荷庄。庄门在湖边。进门后，过小桥，始至庄内。小桥以三条木板拼成，有游客至，园丁现搭。平时则去其二条，以断绝交通。庄为陈氏私产，亭榭颇多，庄北、东二面皆荷花，清香扑鼻。

　　出庄东行数百步即至徐园。园为故淮扬镇守使徐宝山别业，本名倚虹园。园内有殿供宝山像，殿前有荷池，殿西有厅，厅西有竹林，林中有亭，颜曰"留客处"，取杜诗"竹深留客处"之意也。其东南为冶春社，社前石级升降，极为曲折。园之后门面湖而开，其对面即湖心律寺。此处湖面极狭，不过数丈，门外有游船甚多，随时可渡。

　　渡湖，在北岸上陆，即湖心律寺正门。正殿祀龙王；后面土山上有亭形之殿，祀观音。俗名小金山，因周围皆水，中央一土阜独峙，形状颇似昔日之金山故也。殿西为湖山草堂，有小茶馆，可以品茗。殿东为禅堂，有水榭，可以眺望。此一带水极多，为扬州胜境。余等乘小船绕湖一周，然以之比较苏杭之湖，则藐乎小矣。

折回湖南岸，乘车东南行，约三里，至绿杨村。

村为一小饭铺，在扬州北门外，前临护城河。有竹，有树，有房宇而无院墙，可以品茗，吃点心，为游船聚处。欲乘船游湖者，可乘车至此，在此处雇船。

自此沿护城河北岸东下，约里余。经过天宁寺前，拟入瞻拜。因驻兵，未果。复东下约半里，参拜史忠正公祠。

祠在天宁门（扬州北城东边之门）外迤东，南临护城河，祀明末江北督师史可法，史公墓在焉。祠后为梅岭（实则一阁，旁有小土山，称为岭耳），有史公最后致其夫人之家书，用长方形之石刻成，嵌于壁上。

自此南行，入天宁门，经过新城最繁华之市街。三点，回至福运门内，在天兴馆午餐。四点，出福运门，至轮船站，从此渡河至河南岸。镇扬长途汽车站在焉，购妥头等车票二张，每张大洋一元。

四点五十分，开车，沿运河东岸南下。路旁风景颇佳，然与杭嘉苏常一带比较，总觉旱田多，水田少。五点二十分，至扬子江北岸。三十分，换乘本公司之小火轮渡江，不另外购票。六点，还寓。

渡扬子江

丁仙芝

桂楫中流望，空波两畔明。

林开扬子驿，山出润州城。

海尽边阴静，江寒朔吹生。

更闻枫叶下，淅沥渡秋声。

扬州概观

（一）扬州城

扬州为汉广陵、江都、舆三县地。高祖兄子濞封吴王，都此。东汉及三国时为扬州，隋炀帝于此建江都宫。五代时，杨吴都此，号江都府。南唐篡吴，称为东都。元尝于此处置江淮等处行中书省。清为扬州府治。民国成立，改为江都县。有新旧二城，新城在东，旧城在西，二城相连，新城之西墙，即旧城之东壁。新城为商业地，市廛栉比，厦屋云连，颇为繁盛。旧城为住居地，较为萧条。城在扬子江北岸，运河西岸，距江边四十里，人口约十万。

夜看扬州市

王　建

（中，三，二六）

夜市千灯照碧云，高楼红袖客纷纷。

如今不似时平日，犹自笙歌彻晓闻。

扬　州

杜　牧

（中，六，三）

其一

炀帝雷塘土，迷藏有旧楼。

谁家唱水调，明月满扬州。

骏马宜闲出，千金好暗游。

喧阗醉年少，半脱紫茸裘。

其二

秋风放萤苑，春草斗鸡台。

金络擎雕去，鸾环拾翠来。

蜀船红锦重，越橐水沉堆。

处处皆华表，淮王奈却回。

宿扬州

李　绅

（中续，上，三）

江横渡阔烟波晚，潮过金陵落叶秋。

嘹唳塞鸿经楚泽，浅深红树见扬州。

夜桥灯火连星汉，水郭帆樯近斗牛。

今日市朝风俗变，不须开口问迷楼。

（二）扬州之道路

扬州城内之道路用大石砌成，宽不逾丈，年久失修，多坑坎，狭窄似苏州，崎岖似南京。两辆人力车不能并行，车夫且行且嚷，令对面之来车躲道，有时躲避不及而冲撞，则彼此互相辱詈，颇有京津车夫之风。城外道路亦崎岖，水田少，旱田多，风起则尘土飞扬，亦带北方气象。

（三）扬州之交通机关

扬州之交通器具有六。一汽车，仅城外通镇江之路有之。二小火轮，仅运河有之。三船，仅运河及城北有之。四人力车。五驴。六小手推车。城内街道太窄，不能行汽车、马车，只能行人力车；又无水，亦不能行船，城外多驴与小手推车，纯粹山东、河南气象矣。

（四）扬州之今昔观

扬州在南北朝及隋唐时最为繁盛，南朝之江北都督，隋之扬州大总管、淮南行省尚书令，唐之淮南节度使、盐铁转运使驻焉，尽握江南利权，繁盛甲于天下，故当时有扬一益二之称。然其地无山、少水，名胜古迹，多为人力创造，远不及苏杭之天然入画，现在政治之中心点移于南京，经济之中心点移于上海及无锡，本地无大人物如张季直者以支撑局面，将来只有颓废，不能恢复矣。

（五）扬州之女子

扬州妇女容貌，界乎南京苏州之间，颇娴雅，然缠足者之数，较多于江南。

扬州竹枝词

程望川

（随，七，二八）

准备明朝谒梵宫，痴情不与别人同。

薰笼彻夜衣香透，故意钩人立上风。

巧髻新盘两鬓分，衣装百蝶薄棉温。

临行自顾生憎色，袖底何人泼酒痕。

长幡飘动绕炉香，摄级同登拜上方。

此去下坡苔露滑，侬扶小妹妹扶娘。

绣花帘下霭晴烟，特漏全身到客前。

忽听后舱人赞好，安排斗眼看来船。

虹桥竹枝词

程午桥

（随，五，一六）

青溪碧草两悠悠，酒地花场易惹愁。

月暗玉钩人散后，冷萤飞上十三楼。

米家舫子只琴书，秋水新添二尺余。

一带管弦归棹晚，桥边帘幕上灯初。

游人争唤酒家船，儿女心情更可怜。

未出水关三四里，家家开阁整花钿。

不厌朝阴爱晓晴，园林相倚百花生。

梨红杏白休轻唤，帘底防人认小名。

法海桥头酒半阑，水嬉烟火尽余欢。

笑他避客双鬟女，一半搴帘侧鬓看。

红桥晚步

山东朱文震（青雷）

（随，六，五）

西风开遍野棠花，垂柳丝丝数点鸦。

多少画船归欲尽，夕阳偏恋玉钩斜。

镇江之观察

金山寺

四日午前八点，雇妥洋车二辆，沿江岸西行。约三里余，至金山寺。

金山高约数十丈，旧日兀峙江中，现在南岸沙土拥积，渐与山连，可以步登。寺正门向西开，在山西麓，颜曰"江天禅寺"，祀弥勒及四天王。前殿正面祀释迦、药师、阿弥陀，韦陀与托塔李天王侍立两旁；背面作云山重叠形，祀观音，旁祀十八罗汉。殿后山坡上为藏经楼，再上为观音阁。由阁北上山坡，有法海洞，再上为金山绝顶，可以远眺江心及镇江城。上有御碑亭，内有康熙御笔"江天一览"碑，旁有七级塔。因未开放，不得其门而入。

题润州金山寺

张　祜

（中，五，二一）

一宿金山寺，微茫水国分。

僧归夜船月，龙出晓堂云。

树色中流见，钟声两岸闻。

因悲在朝市，终日醉醺醺。

中冷泉

下山，南行数百步，折而西，渡过浮桥，行野田草径约二里许，至中冷泉。

泉在金山西南平地中，归金山寺僧人管理，有篱落环之。大门颜曰"天下第一泉"，外院有大池，作正方形，直径四五丈，中央时起水泡，作珍珠形。其旁有涵虚楼、鉴亭，内院有堂颜曰"中冷真脉"，可以品茗。院内植物甚多，院外亦多芦苇，风景殊佳，唯苇荡之水混浊，不及苏杭之清洁。

甘露寺

午后四点，雇妥人力车二辆，赴北固山，参观甘露寺。

北固山在城东北隅，距北门甚近，距孟渊旅社约三四里，往返价钱小洋六角。山高约数十丈，穿出江中成半岛形，与金山东西遥遥对峙，与焦山南北遥遥对峙。寺门在山之西南坡，其旁有朱文公祠、陶公祠，皆驻兵，不得入。正门颜曰"古甘露寺"，门闭，不得入。

旁为彭刚直公祠、杨勤悫公祠，祀清中兴名臣彭玉麟、杨岳斌。寺北面山最高处，有江山第一亭，下临绝壁，可以俯瞰大江，远眺焦山。寺西面可以遥望商埠，南面可以俯瞰城中，风景绝佳。寺内房屋甚多，唯皆未开放。

题润州甘露寺

张　祜

（中，五，二一）

千重构横险，高步出尘埃。

日月光先见，江山势尽来。

冷云归水石，清露滴楼台。

况是东溪上，平生意一开。

镇江概观

（一）镇江城

镇江，汉为丹徒县，隋为润州，唐初为丹阳，后仍改润州。宋为镇江府治，明、清仍之。民国成立，仍改为丹徒县。城在扬子江南岸，运河东岸。滨运河入江之处。城内荒凉，城西门外为商埠，街市整齐，商业繁盛。

（二）镇江之建筑

商埠多二层洋楼。中国街多瓦房。野外间有茅屋。

（三）镇江之道路

镇江道路，多以大石砌成，宽不逾丈，狭窄似苏州，崎岖似扬州。

（四）镇江之交通机关

镇江江边有轮船及民船，江北有通扬州之汽车，城内外仅有小轿、人力车、小手推车及驴。因道路太窄，汽车马车不能通行也。小手推车，当地人名曰六合车，形式与吾乡之小车同，北京不常见。

（五）镇江之言语

镇江言语，颇似南京、扬州，较之苏常微嫌拙笨，然亦觉清楚。

（六）镇江之旅馆

镇江旅馆多在江边，最大者为万全楼。余所住之孟渊旅社，虽距江边甚近，然局踏于小巷内，不能远眺。外表虽洋式楼房，然院落太小，上有戏园式之天棚顶。各房间窗太小，太少、不透日光、空气，每日游娼出入，俗气逼人，实在无可取处，深悔不住万全楼。然万全楼系老旅馆，臭虫较多。孟渊旅社系去年八月新开张者，臭虫较少，毕竟犹有一节可取也。自杭州至常州，旅馆床铺俱附属房间，不另外算钱。镇江以西至南京，床、帐、席、枕虽附属房间，而被褥另外算钱，每件大洋五分。

润　州

杜　牧

（中，六，五）

句吴亭东千里秋，放歌曾作昔年游。

青苔寺里无马迹，绿水桥边多酒楼。

大抵南朝皆旷达，可怜东晋最风流。

月明更想桓伊在，一笛闻吹出塞愁。

登润州城

江　为

（中续，下，八）

天末江城晚，登临客望迷。

春潮平岛屿，残雨隔虹霓。

鸟与孤帆远，烟和独树低。

乡山何处是，目断广陵西。

归途

镇江至下关

五日午前十点，乘人力车赴镇江车站，购妥沪宁慢车三等票二张，每张大洋五角五分。十点四十分，开车。人颇拥挤。十一点五分，至高资。二十三分，至下蜀。一路田中获稻者甚多。四十分，至龙潭。十二点，至栖霞山。此处有栖霞寺，距车站一英里，以红叶著名，为南京附近胜境。宁人有春牛首秋栖霞之说，以火车不便，未下车。十二点十七分，至尧化门。江宁外城东北门也。三十六分，至太平门。四十一分，至神策门。皆内城东北门也。五十分，至下关。住瀛洲旅馆。

瀛洲旅馆在江边，可以俯瞰大江，眼界极为空旷。但臭虫太多，流娼太多，定价太昂，且敲竹杠——栈距渡江轮船码头不过半里，余等自己雇洋车，四五枚铜圆可至，彼强派人担行李，声明送至渡船上，每件开账索价大洋五分，余等大小五件行李，共索大洋二角五分，实则彼只能送至江边，仍须另觅脚行搬运上船，脚钱仍须自己开发。彼之挑夫且欲强索酒资，若自己雇洋车搬运，至多两辆洋车，十枚铜圆足矣——实在无可住之价值。下关旅馆多如此，奉劝后来诸公，非不得已，不必在下关住宿也。

杭州、无锡旅馆，非客人特别叫条子，不准妓女入门。苏州、镇江旅馆，妓女出入盈门。苏州多本地人，镇江多扬州人。嘉兴、下关旅馆，妓女据为大本营，旅馆即娼寮。然旅馆妓女，各自营业，虽互相借重，并非彼此混合也。室内室外，界限极严。非客人呼唤，不得入客室。但丝竹及麻雀之声，彻夜喧阗盈耳，殊搅人清睡耳。

题金陵渡

张　祜

金陵津渡小山楼，一宿行人自可愁。

潮落夜江斜月里，两三星火是瓜洲。

下关至北京

六日午前五点，起床，收拾行李。八点二十分，渡江，仅赶上八点十五分之特别快车，购妥三等卧车票二张，每张大洋二十元。上车以后，车上无座。无座之客共有二十余人，车上通路皆站满。找车掌交涉，车掌蛮横不讲理。不得已，乃再购三等票一张。自浦至津，价洋拾八元（车上购票不能购至北京），两张三等票，并作一张二等票计算，改乘二等车。十二点，至明光。十二点半，至石门山。一点四十分，至蚌埠。二点三十五分，至固镇。自此以北之农田，皆系被水淹没新退出者。禾稼黄落，气象萧条，稻田不大见，只见高粱、豆子。四点三十五分，至南宿州。机关车忽坏，失落一螺丝，误点一小时，始至此处停车。六点五十分，浦口开来之平常快车到站，乃用其机关车，曳此车北上。七点十六分，至符离集，张浚溃师之处也。八点四十分，至徐州，就寝。

七日午前五点半，起床，天气骤冷。六点，过晏城，已到山东北界。禾稼大半收获，野多白地。但晚豆犹茂，农产物较胜于淮北。七点二十分，至德州。九点，至泊头。十点，至沧州。野田中高粱、大豆尚多，余粮已净。十一点五十五分，至唐官屯。十二点半，至天津总站。一点，至天津东站。本欲在此下车，望看六妹，因天气骤冷，身上尚着单衣，且布衣仅有一身，此外皆夏布及纱衣，更无替换者，未果。一点五十分至杨村。从此以北至张庄，铁路两旁农田，皆被水浸没。三点四十分至丰台，四点二十分至前门东站，五点半还寓。

京奉铁路纪行

京奉铁路之缺点

京奉铁路，自北京至山海关一段之建筑法，最不合商业经济交通经济原则，兹列举其缺点如下：

自京至津一段所经之大市镇，若黄村、廊坊、杨村等，远在十里，近亦在三里以外，客货上下不便，车站不能繁华。而市镇受车站牵掣，商业反因而凋敝。武清县、河西坞等大市镇距离铁路益远，商业愈不能振兴。于是京津铁路告成，铁路近旁之市镇全衰败。适与经济原则相背驰。

自天津至唐山一段。除去塘沽芦台，扼大沽口北塘口咽喉、为出海交通要道，商业较为繁盛外，其余多荒烟蔓草，浅水平沙。沿路除去新垦地及盐滩外，实无商业可言。较之元明以来由京直通山海关之大道，中间经过通县、三河、宝坻、玉田、丰润、迁安、抚宁等县，人烟稠密，禾稼繁茂，商业振兴者，相去实不可以道里计。自此路告成，京东各县交通上之位置，为铁路所夺，商业骤然衰败。而铁路两旁大市镇太少，烟户稀疏，商业至今不能振兴。可惜也。

　　试以此路与京汉津浦相较。京汉路旁之大市镇，若保定、顺德、彰德、郑州等车站，俱修在西关，与城内联络一气。津浦之德州、济南、泰安等站亦然。故铁路兴而城关繁华加倍，铁路上之商业亦盛。京奉反是。其补救之法，宜将京通铁路线延长至开平，作为京奉交通正道。可以缩短英里百余里，减少时间数小时。客货票价，可以酌量减少。而所经又皆繁华市镇，对于政府商民，实为两便。自京至津一段，割与津浦铁路作为京浦铁路。自津至开平一段，留作出海及运煤之要道，作为独立铁路可也。

山海关之现状

山海关即临榆县城，住有副都统、县知事、巡警局长，管理地方军政民政。有高等小学校国民学校数处、耶稣教会立成美中学校一处、商业小学校一处。城内商店颇多，最大者为钱行当行，次为烧锅，次为洋货店，奢侈品俱备。从前由京赴奉大路，皆入西门，出东门，故城内之东大街、西大街，与城外之东关、西关最为繁盛。自京奉铁路开通以后，车站设在南关外，南关与南大街成为商业上之中心点，商店林立，东西两大街骤见萧条。北关沿山，交通不便，自来不繁盛。关城东门楼，高约七丈，上有横额曰"天下第一关"。其原额笔力雄伟，土人相传为明世宗时权相严嵩所书，现保存于门楼内，楼上所悬挂者，乃后人模造者也。

出关城东门数百步，即至长城。西北缘角山，东南至海，城多破碎，砖多不全，大半只剩黄土，然犹甚坚固，高不过三丈，远不如居庸关八达岭之雄壮。

山海关为东西交通孔道，外国人往来频繁，地方颇开通，男子多剪发。唯妇女尚缠足，且旧式之木头底犹存。南关有头二三等及日本娼寮，城内有野戏馆（即搭席棚作舞台而卖客票者）。

距城东南约十里，俗名黄海，长城东头伸入海岸之遗迹在焉。周围风景甚佳。有海水浴场，夏天外国避暑之客多麋集于此。自山海关至南海之路，为已修筑之土马路，缘路多杨槐树。两旁有英法义日本兵营，印度兵、越南兵、义兵、日兵甚多。据本地土人云："除日本人好贩卖吗啡开设娼寮外，其余各国人尚不十分乱暴。"

山海关近傍土质肥沃，农产物甚盛。沿海数十里皆白沙，宜作海水浴场，而不能停轮，不能捕鱼，故交通业渔业不发达。山多童山，土人以樵为业，故树木终古不能繁茂。房屋多累石为基，以砖为墙，瓦为顶，亦有灰顶者，因附近产石灰故也。饭馆之菜，量最丰盛。此系东省通例，因地方愈偏北，则居民之食量愈大故也。

关外铁路两旁之现状

关外铁路之西北面为医巫闾山脉，皆童山，无树木。铁路两旁之平地，颇有树木，多杨槐杨柳。

由关城至连山，路旁皆黄土带沙，地脉丰腴，适宜于农业。连山以南，山麓距海甚远，往往至数十里外。至连山则土山脉斜插入海中，海水较深，可以停轮。前清末年，欲自辟为商埠，经营数年，用款甚巨，犹未成功。民国成立以后，兵事倥偬、财政困难，更无暇计及此矣。

关外主要之农产物，为高粱及玉蜀黍。播种以后不锄，皆用二马或一马驾犁耕之。田垄间划为深沟，既可以去杂草，又可以使苗根通风，有古沟洫之遗风焉。唯直隶境内不适用此法。意者此法可以通风，而不能防旱，直隶境内雨量较少，故不敢用欤。

大凌河宽逾一里，水量甚低，河底皆黄土。两岸之地皆黄土带沙，适宜于禾稼。

自羊圈子至沟帮子，一路荒凉，地味甚瘠。沟帮子为赴营口客人换车之处，车站前行商甚为繁盛。

自打虎以北至柳河沟，地味较腴。自柳河沟至新民屯数十里间，属柳河流域。两岸皆白沙，一望无垠，除去仅少之丛生柳树与野草外，不产植物。人家房屋大半陷入沙中。过新民屯后，地味复腴，然似不及柳河以西。

关外火车上之查票者，语言态度较为平和，不似关内者之蛮横。小营公司之伙计，亦较为诚实，不似关内者之虚浮。车上时有军警人员搭乘，颇小心和气，不似津浦路上山东江北兵之跋扈。

京津奉劳动者之比较

　　北京旗人多。天津汉人多。北京旗人多本地住户。天津汉人多外来客户。北京旗人多懒惰，日高始起。茶馆戏园酒铺为其每日消遣之所。所依赖者，政府每月所发之旗饷。不能劳动，不事生产，不讲贮蓄。性情最不宜于经理家政，或经营商业。天津居直隶五大河下游，为工商业之中心点，又为京奉、津浦二铁路与白河入海路之交点。直隶、河南、山西、热河、察哈尔、绥远之土货，由此出口。沿江沿海各省之土货，与舶来之洋货，由此入口。运搬输送，需用劳动者甚多，工业颇发达。工场内需用职工亦不少。外来客户，多直隶山东人。性情勤勉活泼，能耐劳苦，无闲人，无惰民，无以乞丐为业者（有之则各处逃来之饥民也）。唯贮蓄心太薄弱，钱到手即罄。一遇霖雨，数日不能劳动，时常有断炊者，是其短也。

　　北京奉天街上妇女较多。因旗人不缠足，大妞上街购买日用品，习惯上不以为怪也。天津街上妇女绝少。因汉人缠足，只能在室内劳动，不能出门劳动。除去最少数之女教员学生外，其余大多数仍守不出闺门之训故也。中国青年士子，日日提倡妇女解放。余以为当从其母、其嫂、其姊妹、其妻、其女之金莲起，开始而解放之。

奉天城较北京城小而繁华。缘人烟稠密，城内无空地也。城外亦繁华。缘城外为京奉、安奉、南满铁路之交点故也。奉天人民较北京人忙。缘北京住户多旗人，惰懒性成，又无工场可以收容此等无业游民。奉天多日本人新设之工场。虽一面侵夺我国利权，一面仍可为我国收容劳动者。

京奉安奉铁路之比较

京奉铁路两旁，树木绝少。太行山脉、燕山脉、医巫闾山脉，凡目力所能及者，皆牛山濯濯也。安奉铁路两旁多矮树，一望而知为新栽种者。山岭缭曲幽深，涧水甚多，往往有作瀑布形者。风景之佳，亚于日本内地。

附录

民国纪年与公元纪年对照表

民国纪年	公元纪年	民国纪年	公元纪年
民国元年	公元 1912 年	民国二十年	公元 1931 年
民国二年	公元 1913 年	民国二十一年	公元 1932 年
民国三年	公元 1914 年	民国二十二年	公元 1933 年
民国四年	公元 1915 年	民国二十三年	公元 1934 年
民国五年	公元 1916 年	民国二十四年	公元 1935 年
民国六年	公元 1917 年	民国二十五年	公元 1936 年
民国七年	公元 1918 年	民国二十六年	公元 1937 年
民国八年	公元 1919 年	民国二十七年	公元 1938 年
民国九年	公元 1920 年	民国二十八年	公元 1939 年
民国十年	公元 1921 年	民国二十九年	公元 1940 年
民国十一年	公元 1922 年	民国三十年	公元 1941 年
民国十二年	公元 1923 年	民国三十一年	公元 1942 年
民国十三年	公元 1924 年	民国三十二年	公元 1943 年
民国十四年	公元 1925 年	民国三十三年	公元 1944 年
民国十五年	公元 1926 年	民国三十四年	公元 1945 年
民国十六年	公元 1927 年	民国三十五年	公元 1946 年
民国十七年	公元 1928 年	民国三十六年	公元 1947 年
民国十八年	公元 1929 年	民国三十七年	公元 1948 年
民国十九年	公元 1930 年	民国三十八年	公元 1949 年